내 생애
가장
행복한
일주일

내 생애 가장
행복한 **일주일**

초판1쇄 인쇄   2005년 11월 5일
초판1쇄 발행   2005년 11월 10일

지 은 이   김농주
펴 낸 이   진성옥, 오광수
펴 낸 곳   도서출판 꿈과희망
출판등록   제 1-3077호

주   소   서울특별시 종로구 낙원동 58-1 종로 오피스텔 1415호
전   화   02)2681-2832
팩   스   02)943-0935
e-mail   jinsungok@empal.com

* 잘못된 책은 바꿔드립니다.

정가 8,500원

ISBN 89-90790-34-4   03810

내 생애 가장 행복한 일주일

김농주 지음

꿈과 희망

"내 생애 가장 행복한 일주일"

인생에서 행복하려면 여러분이 가장 행복한 일주일을 만들어 가면 된다. 가장 행복한 일주일을 53번 만들면 행복한 일 년이 된다. 일 년을 수없이 이렇게 행복하게 만들어 가면 여러분의 인생은 행복으로 이뤄질 수 있다.

일주일을 행복하게 하면 이처럼 일생의 행복 만들기를 성공적으로 해나갈 수 있다.

노먼 커먼스라는 아저씨가 척추병으로 고생을 한 적이 있었다. 의사가 상당히 위중하다고 하면서 걱정을 하는 모습을 보이면서 "미소"가 처방의 핵심이라고 말해 주는 것을 듣는다.

하지만 그의 얼굴에는 내면으로부터의 미소가 떠오르지 않았다. 그는 곰곰이 생각했다. 왜 미소가 자연스럽게 표현되는 것이 나에게 어려운가? 질문에 질문을 거듭하다가 발견한 것이 있다.

그것은 그가 세상을 살아 오면서 아직도 용서하지 못한 사람들이 희미하게나마 자기 마음에 자리하고 있다는 점이었다. 그는 수많은 시도를 거듭하여 이런 사람들을 용서하기 시작한다. 그는 마침내 미소를 만들어 내게 된다. 내면으로부터 세상과 사람들을 향한 친밀한 시선을 보내기 시작한다. 그는 척추병을 고친다. 결국 그는 의사가 예언한 것보다 30배나 더 오래 살았다고 한다.

그는 친밀한 눈동자를 지닌 그런 존재가 되어 있었던 것이다. 찰리 채플린 영화를 보고 웃고 코미디를 즐겨 보면서 미소를 스스로 창출하는 그런 사람이 된 것이다. 용서하지 못한 일과 사람들에 대한 생각으로 그는 감성지수가 2% 부족한 사람에서 이제는 그것을 극복해 간 것이다. 그는 인생에서 행복을 즐기면서 자기의 미래를 향한 전진을 해가게 되었던 것이다. 과거 속에서 가진 분노를 용서의 용광로에 넣고서 그는 용서지수가 2% 부족한 자아를 개혁해 간 것이다. 자기 내부로부터 개선해 간 것이다.

놀라웠다. 오래 전에 저축된 내 속의 작은 분노를 발견하고서.

구구단을 반 친구 몇 명이 못 외웠다고 단체로 벌을 주신 초등학교 2학년 때 담임 선생님을 아직도 용서하지 못한 나 자신을 발견했다. 그것은 담임 선생님의 방침이었다. 구구단은 중요하니 다 같이 반 전체가 어느 시간까지 외우라는 것이었다. 책상을 들고 장시간 서 있는 벌을 우리 반은 받았다. 몇 사람이 틀린 것이다. 나는 그 선생님과 구구단을 외우다 틀린 반 아이 몇 명에게 작은 분노를 느끼고 있었다. 사람들과 초등학교 시절의 이야기를 나눌 때면 어김없이 기억 저편에서 2학년 때의 담임 선생님과 구구단을 못 외웠던 그 친구들을 끄집어내어 원망했던 것이다. 이제 이 책을 집필하면서 담임 선생님과 그 구구단을 외우다가 틀린 반 아이 몇 명을 용서했다. 그러자 마음이 한결 편해졌다. 용서를 통해서 평화를 얻은 것이다 세상 속에는 아름다움과 고통이 병존한다. 고통의 가운데는 여러분이 품고 있는 분노가 있다. 분노의 양이 많을수록 그 배는 항해하기 어려울 것이다. 행복을 향해서 항해하기 어려운 배는 내부에 분노를 가득 실은 배이다.

일생을 지내면서 공적으로 사적으로 당신은 마음의 상처를 입는다. 이 상처는 내부로부터의 친밀한 시선으로 고쳐질 수 있다.

"당신이 내게 준 손해가 얼만데……"

"너 때문이야."

"네가 그런 인물이 돼? 어림없지."

이런 말을 직장에서, 학교에서, 집에서, 사회에서, 모임에서 들으면 당신은 작은 분노를 갖게 될 것이다. 이것이 모아지면 원망이 쌓인다. 아무리 노력해도 빛이 안 보이면 부조리한 세상을 원망한다. 부조리한 세상을 용서하고 싶지 않다. 세상과 소통하는 마음의 문을 닫아버린다. 한번 생긴 마음의 상처를 통해서 영원히 좋은 관계를 회복하지 못하는 경우도 생긴다. 이것은 고통들이다.

분노는 자란다. 마음의 분노가 자라면 행복하기 힘들다. 분노하는 본인은 행복하기 어렵다. 스스로 행복하려면 분노를 극복해야 한다. 분노는 자기를 골병들게 한다. 일생을 통해서 행복한 일주일을 무수히 만들려면 마음의 평화를 스스로 만들어 가야 한다. 세상에 대한 분노 대신 친밀한 시선을 키우기 바란다

용서에 대한 훈련을 못 받고 성장한 한국인의 경우, 분노를 내부에 저축하는 분노 통장을 갖고 있는 경우가 있다. 더구나 모순과 부조리로 가득한 세상에서 일을 하는 사람들에게는 적개심이 가득 차 있는 분들이 많다. 감성지수가 2% 부족한가. 그것은 여러분이 누군가를 완전히 용서하지 못하고 있기 때문일 수도 있다.

용서의 힘을 일상에서 적용하고 행하는 사람에게는 행복과 희망이 더 자주 찾아온다. 용서의 기술을 터득하라. 화해와 진실의 길로 당신을 인도하는 기술을 함양하라. 이것은 당신을 고통으로부터 희망으로 전진하게 할 것이다. 용서는 용기이고, 용서는 포지티브positive한 의지다. 그것은 내부로부터의 친밀한 시선으로 가능한 일이다. 이 책 〈내 생애

가장 행복한 일주일〉은 자아에 대한 친밀한 시선으로부터
시작할 수 있는 것이다.

2005.11
김 농 주

월요일 아침 추억이 밀려 왔다.

하지만 추억은 즐거움과 내 영혼에

고통을 동시에 가져 왔다.

누군가로부터 받은 상처로

나는 그를 용서하지 못하고 있다는 것을 알았다.

그렇지만 추억 항해를 그 월요일 아침에 하기로 했다.

성공은 열매가 아니다.

성공은 도전이라는 생각 때문에.

그래서 추억에 도전하기로 했다.

제1장
추억으로부터

하나_초등학교 때의 추억

행복한 일주일을 만들고 싶었다, 그러나 그 방법을 몰랐다. 초등학교에서 누구도 그런 가르침을 알려 주는 분이 없었다.

행복한 일주일 만들기 방법을 나이 들어서 스스로 터득하게 된다. 세상이 그랬다. 행복 만들기는 아무도 가르쳐 주는 법이 없었다.

초등학교에 다닐 때였다. 스포츠를 좋아하는 개구쟁이였다. 윗마을이나 아랫마을과 늘 편을 나눠 시합을 벌이곤

했다.

그러던 어느 봄날, 그 날도 우리는 파릇파릇 새싹이 보이는 교정에서 축구 실력을 겨루고 있었다. 나는 미드필더였다. 하지만 누구나 어릴 적엔 포지션과 전혀 상관없이 경기를 하는 법이다. 우리도 마찬가지였다. 전반전은 1대 0으로 우리 팀이 앞섰다. 전반전이 끝나자 우리는 쉬는 시간도 없이(정말 규칙하고는 담을 쌓은 축구였다) 바로 위치를 바꾸어 후반전 경기를 시작했다.

그 날은 우리가 아랫마을 팀이었고, 나는 아랫마을 주장이었다. 우리 팀은 약체였지만 혼전 중 골을 하나 넣은 상태였다. 상황이 그렇다보니 윗마을 팀에 있던 우락부락하게 생긴 선배 하나는 숨소리가 거칠어지고, 자주 입에서 욕설이 튀어나왔다. 거친 태클도 이어졌다. 주장인 나는 맞설 수밖에 없다고 생각했다.

그런데 이젠 나마저 선배의 공격에 정강이를 감싸고 운동장에 드러눕게 되었다. 선배가 나의 정강이를 심하게 찬 것이다. 결국 나는 경기에서 빠져야 했다. 중도에 경기장 밖에서 치료를 받아가며 경기를 진행할 수 있는 시절이 아니었다. 하는 수 없이 나는 내 축구공을 옆구리에 낀 채로 다리를 절룩거리며 집으로 돌아와야 했다. 울분이 치솟았으나 다행히도 우리 팀이 1대 0으로 이겼기 때문에 억울함을 조금이나마 억누를 수 있었다.

그런데, 그 다음이 문제였다. 그 일이 있은 후 나는 상당히 오랫동안 정강이를 치료받아야 했다. 특히 축구광이었던 나는 정강이에 연고를 바르고도 운동장으로 달려가 축구를 했기 때문에 딱지가 생길 만하면 축구를 해서 그 부분의 상처를 다시 돋웠다. 그러기를 수십 차례, 결국 나는 6개월 여를 꼼짝 못하고 치료에 전념해야 하는 지경에 이르고 말았다. 나는 그 선배를 도저히 용서할 수 없었다.

물론 윗마을 팀은 그 동안 경기에서 진 적이 없던 강팀이었기에 그 선배는 더욱 화가 났었겠지만, 그렇다고 나의 정강이를 고의적으로 찬 것은 용서할 수가 없었다. 분노는 쉽게 가라앉지 않았다. 한동안 축구를 생각할 때면 내 정강이를 차는 선배의 모습이 연상되었다.

그 아픈 기억이 몇 년간 지속되었다. 그러나 시간이 흐른 어느 순간 그 일에 대한 나의 고통이 나의 뇌리에서 희미해졌다는 사실을 알게 되었다. 꼭 그를 용서했던 것은 아니었다.

　어쩌면 그 동안 나는 나의 정강이를 찬 그 선배를 용서하지 못하고 있었다는 것이 솔직한 고백이다. 정강이를 채인 추억은 나의 심리 속에서 약한 자아강도Lower Ego Strength 속에 들어가 있었던 것이다.

　그래서 이 글을 쓰기 전까지만 하더라도 그 선배는 내 마음속 어딘가에 숨어 있다가 내가 초등학교 시절을 이야기할 때면 어김없이 튀어나와 비겁한 선배가 되어 나의 말과 함께 공기 속을 떠다니고 있던 것이다.

　감히 어떻게 용서할 마음이 그리 쉽게 떠올랐겠는가.

★★★추억으로부터 우리는 여전히 기억 깊숙이 저장되어 있는 분노의 찌꺼기들을 볼 수 있다. 그 분노의 찌꺼기들은 용서를 통해 깨끗이 정화되지 않았던 감정의 산물이다. 그렇기 때문에 그것들은 당신의 마음속 깊은 곳에 겹겹이 쌓여 어느 날 갑자기 당신의 마음을 돌이킬 수 없을 정도로 피폐하게 하는 요인이 될 수 있다. 물론 예수도 석가모니도 아닌 우리가 세상의 모든 분노에 초월하여 미소를 지을 수 있겠냐마는 적어도 우리는 세상 누구보다도 자기 자신을 끔찍이 사랑하는 존재들이 아닌가. 그런 우리가 자신을 고통 속으로 밀어넣는 일을 계속 진행해야 할 이유가 있는가. 용서하지 않으려는 감정과 억지로라도 용서해서 더 행복해지려는 인간의 본능. 이러한 인간 감정의 이중 구조를 다듬고 다루려는 시도로부터 이 책은 시작된다.

자, 이제 선택하시라. 그 사람을 용서하고 더 행복해지겠는가, 아니면 분노의 보따리를 가득 안고 뒤뚱거리며 인생의 길을 걸어가겠는가.★★★

지상에서 원한에 사무친 열정보다 사람을 더 빨리 소모시키는 것은 없다.
— 니체

둘_ 용서와 정의의 균형은 어디 있을까?

상대를 인정하라. 그러면 용서의 기초를 발견할 수 있다. 상대가 언어 장애를 가진 존재라는 것을 인정하라. 그러면 말을 아주 더듬어도 용서가 된다.

하지만 이런 것도 기억하라 〈항상 용서는 정의와 조화를 이뤄가면서 해야 한다〉는 것.

사전에서 용서라는 단어를 찾으면 '잘못이나 죄를 꾸짖거나 벌하지 않고 끝내는 것 또는 행위'라고 씌어 있다. 그렇다면 죄를 꾸짖거나 벌하지 않고 끝내는 일의 주체는 누구인가? 용서는 용서하려는 사람의 의지에 달려 있다는 말이다. 그렇다. 용서는 능동적인 의지다.

그럼에도 불구하고 많은 사람들이 용서하려는 의지를 거두고 굳이 가슴속에 분노를 쌓아두는 이유는 무엇일까? 용서하면 안 될 일이 존재하는가? 혹시 용서하기가 두려운 것은 아닌가? 분노는 행복으로 가는 길을 막는다.

사람들은 자신이 불의에 대해 분노하지 않으면, 다시 말해 불의에 대해 증오심을 유지하지 않으면 자신이 불의에 굴복한 것처럼 느끼는 경향이 있다. 자신이 비겁한 인간처럼 느껴지는 것이다. 이런 감정은 사람들로 하여금 잘 마음먹기만 하면 용서할 수도 있는 일을 쉽게 용서하지 못하게 한다. 그리하여 분노의 포로가 되게 한다.

하지만 그런 감정은 용서에 대한 오해로부터 기인한 것이다. 용서는 불의를 보고도 못 본 척하라는 것이 아니다. 어떤 사전에서도 불의를 참고 지나치는 게 용서라고 제시한 적이 없다.

다음 이야기 속으로 들어가보자. 이것은 실제로 있었던

이야기다. 이해를 돕기 위해서 이야기의 주제에 〈당신〉을 주인공으로 삽입해 보고자 한다.

당신은 기업의 경영자다.

회사의 재무이사는 매우 능력있고 충성스런 사람이다. 그런 그가 당신을 위해서 당신의 허락 없이 비자금을 50억 원이나 만들었다. 하지만 재무이사가 횡령한 돈은 한푼도 없었다. 재무이사는 당신에게 자신이 만들어 놓은 비자금에 대해 털어놓는다. 당신은 경영자로서 이 재무이사를 어떻게 할 것인가.

용서할 것인가, 벌할 것인가?

"내가 불민해서 생긴 일이니, 불문에 붙이겠네."

만약 당신이 용서의 정의를 제대로 알지 못하는 사람이라면, 재무이사를 용서하기 위해서 이토록 통 큰 마음을 가질런지도 모른다.

하지만 이 문제는 그렇게 간단한 문제가 아니다. 당신은 재무이사뿐만 아니라 하나의 기업과 수많은 직원들을 지켜야 하는 경영자다. 훗날 그 비도덕적인 비자금이 회사의 사활을 좌지우지할 수도 있는데, 어떻게 용서라는 이름으로 그의 잘못을 묻어둘 수만 있겠는가.

많은 사람들은 용서와 정의 사이에서 자신을 추스르기 위해 갈팡질팡한다. 용서와 정의라는 시소의 중심에서 자신을 곧추세우느라 쉽게 용서할 수 있는 일도 용서할 수 없는 일로 단정해 버린다. 용서하지 않는 길만이 자신을 정의롭지 못한 비겁자로 전락시키는 것을 막을 수 있다고 여긴다. 또 역으로, '용서하기 위해서 정의를 눈감을 수밖에 없었다'며 자신의 비겁함을 정당화시킨다. 하지만 시소게임을 해선 안 된다. 용서를 해도 정의를 세워갈 수 있다. 하지만 사람들은 용서하면 그 일의 가치 판단은 안하고 지나가는 것으로 착각하기 쉽다.

다시 강조하지만, 용서는 정의를 묵인하는 것이 아니다.
상대방이 잘못을 저질렀을 때, 그 잘못을 눈감아 주는 것으로 모든 걸 용서했다고 생각하지 말라. 용서의 시작은 정의의 조명이다.

앞서 이야기한 비자금 문제의 경우, 회사의 경영자인 당신은 세 단계를 거쳐 재무이사를 용서해야 한다.

첫 번째, 먼저 이사를 만난다. 그래서 그의 행동이 업무 과실이었음을 분명히 지적하며 호되게 질책해야 한다. 다시는 비자금을 만들어서는 안 된다고 똑부러지게 말하라. 중요한 것은 그의 생각이 왜 잘못되었는가까지도 논리적으로 설명할 수 있어야 한다는 것이다. 비자금을 만들기 시작하면 불투명회계의 원인이 돼서 회사가 재정적인 곤란에 처할 수도 있음을 말해 주라. 경영자 자신도 이런 이중장부를 원하지 않는다고 엄중하게 말하라.

두 번째 단계는 저녁 식사에 초대하라. 포도주 등으로 반주飯酒를 곁들이면서 '재무이사, 난 늘 자네의 청렴성을 높이 사왔네. 물론 당신이 착복하려고 했던 것은 아니었지. 이 사실에 대해선 난 추호도 당신을 의심하지 않네. 회사를 생각하려는 마음이 너무 앞섰어.' 라고 말하라. 그러면 재무이사는 다소 안도할 것이다. 이런 과정을 통해서 재무이사의 회사에 대한 충성심을 인정하라. 하지만 이중 장부는 부당한 것임을 말해 주라. 병행해서 말해 주라.

세 번째 단계는 재무이사를 6개월 정도 다른 부서의 이사로 발령을 낸다. 그리고는 그를 사무실로 불러내 지난번

비자금을 만든 일은 용서한다고 하라. 그렇게 한 후 6개월 후에 다시 재무담당 이사로 재발령을 내라. 임명장을 주는 시간에 이중 장부는 절대 만들지 말 것, 회사를 위해서라도 비자금을 다시 만들어서는 안 된다고 말해 주라. "이것은 모두 재무이사, 당신을 위한 일이네."라는 말도 빼놓지 말아라.

용서도 중요하다. 하지만 정의正義를 밝혀야 한다. 이런 과정을 거치지 않으면 재무 담당이사는 다시 그런 비자금을 만들려 할지도 모른다.

★★★용서는 진실 규명을 통한 그 일에서의 정의正義를 밝힘으로써 시작된다.

먼저, 상대방이 무슨 잘못을 저질렀는지 스스로 이성적으로 판단해야 한다. 상대방의 잘못을 논리적으로 설명할 수 없다면 당신에겐 상대방을 증오할 명분도 용서할 권리도 없는 것이다.

언제나 용서와 정의를 함께 생각하고 행동하라. 용서를 한다고 정의를 묵인하는, 또는 정의를 위한다고 마음속에 분노를 쌓아두는 어리석음을 범하지 말라.★★★

진리를 사랑하라. 하지만 잘못은 용서하라.

— 볼테르

셋_ 깊은 정성

    우리는 흔히 공적인 심판으로 인해 분쟁하던 사람들이 서로 타협하는 경우를 많이 본다. 심지어 동네에서 실랑이를 벌이던 청년들도 파출소에 가서는 서로 용서하며 돌아선다. 도대체 무엇이 사람들을 이렇게 바꾸어 놓는 것일까? 그것은 바로 사람들이 공론화된 문제에 대해선 이성적으로 판단하려는 심리를 지녔기 때문이다.

    분쟁 중에 주변 사람들이 몰려들자 서로 각자의 입장을 주변에 호소하기 시작한다. 서로의 입장을 주변에 알리다 보니, 솔직히 내가 상대를 오해한 점이 없지 않다는 것을 깨닫게 된다. 그러자 자신이 사람들 앞에서 이해심이 부족한 사람으로 몰리고 싶지 않다. 상대방을 용서해야 할 필요성 또는 오히려 상대방에게 용서를 빌어야 할 필요성을 절감하기도 한다. 하지만 이 때는 이미 다중 앞에서 망신살이 톡톡히 뻗친 다음이다.

이런 상황이 벌어지는 이유는 사건의 단편만을 바라보며 자기 입장만 내세우던 사람들이 자신의 문제가 다중의 심판 앞에 서자, 주변의 눈을 의식하기 때문이다. 주변을 의식하다 보니(어떻게 해서든 자신의 논리를 펼치기 위해 깊이 생각을 해야 할 것이 아닌가?) 조금 더 사건의 진상을 앞뒤로 살펴보게 되는 것이다.

물론 다중 앞이기 때문에, 다중 앞에서 바보가 될 수는 없기 때문에, (속으로는 자신의 잘못을 인정하면서도) 자신의 주장을 굽히지 않을 수도 있다. 하지만 만약 계속 자신의 잘못을 인정하지 않는다면 그야말로 다중 앞에서 이성적이지 못한 사람으로 낙인찍힐 수 있다는 사실을 명심해야 한다.

상대방을 용서하는 데 필요한 기술은 바로 이것이다.

지금 자신이 분노하고 있는 상황이 다중 앞에 공개되었다고 가정해 보라. 그리고 자신이 처한 상황에서 한 걸음 물러나 상황을 바라보라. 객관적으로 봐도 자신의 분노가 정당한 것인가 판단하는 것이다. 많은 경우, 사람들은 '내가 상황을 감정적으로 판단한 부분이 적지 않았군' 하고 생각할 것이다. 그러면 이미 어느 정도 마음속 분노는 사그라지고, 마음이 편안해 진다. 당연히 상대방의 입장을 귀담아 듣고 헤아리려는 넉넉한 마음도 생긴다. 진실이 밝혀지면 자연적으로 오해의 소지가 없어지고, 용서가 이루어진다.여기에는 반드시 내부로부터의 친밀한 시선이 필요한 법이다.

내부로부터의 친밀한 시선은 자기의 행복을 위해서 필요한 법이다.

용서에 대한 이야기하나를 더 전개해 보자.

제조업체의 A대리와 B과장은 업무중에 코드가 맞지 않는 사이로 유명하다. 매일매일 얼음 위를 걷는 듯이 위태로운 관계를 유지하던 그들, 드디어 사소한 일로 불미스런 사건이 터졌다.

C부장의 자녀가 결혼하던 날, B과장은 A대리에게 축의금을 자기 대신 전해달라고 부탁한다. 약간 두툼한 봉투였다. 다음날 B는 C에게 전화를 건다.

"아, 부장님이시죠. 결혼식에 참석하지 못해서 죄송했습니다. 제가 보낸 축의금은……."

"네? 봉투는 금시 초문인데요."

"?!"

과장은 대리를 의심하기 시작한다. '용서하지 못할 자식, 추접스런 자식… 그래, 내 축의금을 자기 주머니로 꿀꺽 하다니' 이런 생각이 난다. 아무래도 사사건건 업무에서 부딪치던 대리가 일부러 자신을 골탕먹이려고 꾸민 일만 같다. 어찌된 상황인지 아직 파악도 안 됐지만, 벌써부터 과장은 대리가 의심스럽다. 그냥 모른 척 넘어가며 용서를 할까 생각 하지만, 영 쾌씸하기 짝이 없다.

다음 날, 야근 후 저녁 식사를 하다가 또 B와 A가 업무상 언쟁을 시작하나 싶더니 급기야 개인적인 감정을 드러내기 시작한다.

"야! 이 추접스런 놈아. 그래, 나 엿먹이려고 내 축의금을 네 호주머니 속으로 챙기냐?"

B과장이 먼저 포문을 연다. 그러자 A도 벼르고 있었다는 듯, 지지 않고 대든다.

"뭐라고? 축의금을 챙겨? 내 참, 기가 막혀서. 오호, 평소

에도 내가 하는 일마다 딴지 걸더니, 이제 도둑으로까지 몰
겠다? 네가 인간이야?"

이렇게 둘은 사원들 앞에서 심하게 말다툼을 한다. A는
자신을 도둑으로 몰아가는 B를 용서할 수 없고, B는 자신이
시킨 일을 제대로 하지 않은 A를 용서할 수 없다. 그때 마침
C가 B에게 전화를 걸려온다. 물론 내용은 '보내준 봉투를
찾았다, 내가 바쁜 와중이라 깜빡했나 보다'라는 말이다. 하
지만 이미 과장은 대리를 도둑으로 몰았고, 대리 역시 과장
에게 그 전부터 쌓아두었던 막말을 심하게 뱉어낸 후다.

마음속에 쌓아두었던 분노, 감정을 앞세운 섣부른 상황 판
단이 둘 다 후배들 앞에서 톡톡히 망신을 치르게 한 것이다.

A와 B는 수고스럽더라도 C에게 봉투가 전달되었나를
둘이 함께 다시 한 번 확인해야 했다. 그리고 누군가의 오해
혹은 잘못이 밝혀졌다면 오해한 자 또는 잘못한 자는 상대
방에게 사과를 해야 했다. 그랬더라면 적어도 후배들 앞에
서 망신을 당하고, 곱절로 속상해 하는 일은 일어나지 않았
을 것이다.

★★★ 용서를 스스로에게 강요하지 말아라. 우선은 친밀한 시선을 보내라. 단지 용서할 수 있는 여건과 용서할 수 있는 마음을 만들기 위해 스스로 노력하라. 진실을 밝히기 위해선 수고를 아끼지 말고, 자신의 분노를 객관적으로 판단할 수 있는 조건을 만들어라. 그 조건은 바로, '문제가 다중의 심판 앞에 놓여 있다'고 가정하는 것이다. ★★★

자기 잘못에 대한 연구는 자기를 아는 지식으로 시작된다.

－ 헨리 밀러

넷_용서의 절박성 인식하기

　자연을 보존하는 것이 좋다. 하지만 개발론자들은 자연을 훼손한다. 이런 사람은 미움을 받는다. 하지만 사람은 미워하지 말되 자연 훼손 행위는 반대하라. 세상속에서 자연 보호는 소중한 의미를 지닌 것이니까.

　사람들은 쉽게 용서의 절박성을 잊어버린다. '용서는 타인의 잘못을 문제삼지 않는 것이다' 쯤으로 생각하다 보니, 한 마디로 '용서를 않더라도 내 잘못은 없다' 라는 배짱이다. '용서는 해도 그만, 안 해도 그만인 것' 으로 생각한다. '내가 그를 용서하지 않는다고 사회악이 될 게 있겠는가, 어차피 용서를 하고 안 하고는 내 마음인 걸'이라고 생각할 수 있겠지만 그것은 큰 오산이다. 인간이 사회 속에서 살아야 하는 존재인 이상, 용서는 인간에게 가장 절실한 가치다. 이것의 시작은 행복 만들기를 향한 시선으로부터 시작될 수 있는 것이다.

중학교 때 우리 학교는 매 학기마다 환경 미화 심사를 했다. 그때마다 학급 구석구석을 매만지며 청결에 신경을 곤두세워야 했던 사람은 바로 미화부장과 주번이었다. 주번이란, 주마다 돌아가며 학급 청소를 책임지는 이른바 '반 청소 책임자'였다. 그래서 학기초에 주번이 돌아오면 굉장히 운이 없는 편이었는데, 내가 그 운 없는 학생에 속하게 된 것이다. 난 특히 운이 더 나빴는데, 이유인즉 미화부장과의 관계 때문이었다. 지난 학기말고사 때 그 친구는 나의 공책을 빌려 가서 돌려주질 않았다. 당연히 나는 시험 성적에서 크게 낭패를 보았고, 그 후로 그 친구와 껄끄러운 사이를 유지하고 있었다. 물론 싸움을 걸거나 하진 않았지만, 그 친구에 대한 신뢰를 회복시키려 하지 않았다. 그런데 어쩔 수 없이 환경미화심사 때문에 이런저런 일로 부딪쳐야 하는 것이었다. 하지만 이미 그 친구와 감정의 골이 패인 나는 서로의 의견을 교환하며 더 나은 방향으로 일을 진행시키려 하지 않았다. 최대한 말수를 줄이며 의사소통을 하게 되었고, 그래선지 의사전달이 제대로 이뤄지지 않기도 했다. 그 친구가 이렇게 해달라 부탁을 하면 난 저렇게 일을 처리해달라는 줄로 아는 경우가 많았다. 물론 그 친구도 마찬가지로 내 의사를 제대로 파악하지 못했다. 그 친구에게 마음을 닫았던 내게 그 친구의 말이 제대로 들릴 리 만무했다. 결국 우리 반은 학년별은 물론이고 전체 학년 환경미화심사에서 꼴등의 영예(?)를 안게 되었다. 우리는 의도하지 않았지만 서로 코드가 안 맞았던 것이다. 감정이 축적되어 서로 용서하지 못하고 세월은 갔다. 그래서 행복하지 못했던 것이다.

비즈니스에서 용서의 절박성은 다양히게 등장한다. 용서하지 못한 사람과 일을 같이하기란, 서로 밀어내는 같은 극의 자석을 붙이려는 것처럼 힘든 일이다. 자신의 감정 때문에 공적인 일을 그르칠 수도 있고, 자칫하면 자신의 능력이 남들에게 과소평가될 수도 있다.

용서는 한낱 단순한 개인적인 감정인 것 같지만, 그것은 사회 생활의 여러 곳에서 발산돼 내가 속한 무리 속에서 나를 '~한 사람'으로 만드는 데 영향을 미친다.

용서는 이미 타인과 나와의 관계에서 파생된 개념이다.

혼자만이 사는 그런 〈단독 생활〉을 하지 않기에 우리에게는 무수히 용서할 일이 발생한다. 또 사회생활을 하기 때문에 적절한 시기에 제대로 용서할 줄 알아야 한다. 누구나 자신이 영향력을 발휘하는 사람이길 꿈꾸는 이상 말이다.

과거에 불편한 관계였다고 계속 불편한 관계를 유지할 필요는 없다. 사회 생활을 하면서 앞으로 자신이 어떤 사람과 일을 함께하게 될지 예측할 수 있는가. 사적인 인간 관계에서 받은 스트레스는 공적인 일도 그르친다. 일을 쉽게 해결하고, 만족스런 결과를 얻기 위해서 용서는 필요조건임을 명심하라. 용서는 나의 이미지를 만든다.

용서를 제대로 하려면 절박성을 가지라. 용서를 해야 한다는 절박한 마음이 그것이다. 용서하지 않으면 자기가 더 손해라는 상상을 하라.

그래야 한시라도 빨리 용서하려는 의지가 생긴다.

★★★ 용서의 절박성을 인식하라. 그래야 용서를 향한 적극적인 의지가 생긴다. 용서는 집단 속에서 내 능력을 인정받기 위한 절대적인 도구다. 과거에 불편했던 관계는 하루 빨리 청산하고 먼저 손을 내밀어 용서하라. 그래야 서로 행복해질 수 있다. ★★★

우리는 온순함으로 이긴다. 그리고 우리는 용서함으로써 정복한다.

-프레드릭 윌리엄 로버트슨

다섯_의욕 갖기

　사람들이 마음에 안 들어지는 때도 있다. 하지만 인간 세상은 원래 그런 곳이다. 서로의 이익이 부딪치는 곳이 세상. 이런 세상에 너무 기대를 많이했다가 인간 행태에 마음을 상하면 의욕이 저하되기도 한다. 이것을 충동 결여라고 한다.

　이런 충동 결여란 무슨 일에도 의욕이 생기지 않는 마음 상태를 말한다. 무슨 일에든 의욕이 현저히 감소하면 우울증으로 발전할 수 있다. 이런 상황을 극복하라. 이런 상황을 극복해야 당신이 행복을 향한 준비를 해갈 수 있다.

갑식이가 입사한 지 얼마 안 됐을 때였다. 지각도 않고 성실히 일하는 직원이었다. 한 치의 실수도 없도록 스스로 늘 노력했다. 출근하는 아침마다 거울을 들여다보며 '파이팅'을 외치곤 했다.

그러던 어느 날이었다. 나름대로 깔끔하게 책상과 서류를 정리하는 편이었는데, 그날 따라 중요한 서류가 보이지 않는 것이었다. 얼마 전만 해도 봤던 서류였는데, 정말 귀신이 곡할 노릇이었다. 어떻게 상사에게 보고를 해야 할까 한참을 고민하다가, 결국 사실대로 말하기로 했다. 평소 깔끔한 성격을 아는 상사니 사실대로 말하면 어느 정도 이해하고 용서해 주리라 믿었기 때문이었다. 평소에도 서로를 믿는 상사였다.

그러나 뜻밖에도 난 혼쭐이 빠지도록 동료들 앞에서 책망을 들었다. 잃어버린 서류가 매우 중요했다는 게 이유였다. 그 서류가 중요하다는 걸 알던 나는 상사의 질책을 아무 변명 없이 받았지만, 마음속으로는 굉장히 상사가 원망스러웠다.

아무리 서류가 중요하다 하더라도 그렇게까지 혼낼 필요가 있었나, 버리지 않았으니 다시 찾아보면 나올 수도 있는

데…. 그동안 회사에 보여준 성실함은 모두 무시해버린 채 갑식을 무능한 사람 취급하다니.

　자리로 돌아온 후 너무 분해 씩씩거리며 다시 서류를 찾아봤다. 그러자 날 놀리기라도 하듯 그 중요한 서류가 버젓이 다른 서류들 사이에서 몸을 드러내고 있었다. 일단 찾아낸 서류를 상사에게 보여주고 다시 갑식은 자기 자리로 돌아왔다.

　이제는 상사에 대한 분노뿐만이 아니라 자신에 대한 분노도 하늘을 찌를 듯이 쌓아 올라졌다. 한 번의 실수도 용서해 주지 않았던 냉정한 상사, 최선을 다하려고 했는데도 빈틈을 보이고 만 자신, 둘 다 모두 용서가 되질 않았다.

　갑자기 하고 있는 일에 회의를 느꼈다. 더 이상 일을 하고 싶지 않았다. 아니, 아무 일도 해내질 못할 것 같았다. 그날 어떻게 업무를 마치고 집으로 들어왔는지 기억에 없다. 그 상사, 자신을 용서함으로써 이런 기분을 스스로 극복할 때까지. 한 동안 슬럼프에 빠져 직장에서도 가정에서도 갑식이 충분히 해낼 수 있는 일을 못 해냈던 기억만 날 뿐이다. 갑식은 이 일로 일에 대한 충동 결여를 경험하였다.

일상에서 생긴 사소한 일을 제때 제대로 용서하지 못하면 이처럼 충동 결여Antriebsmangal에 빠질 수 있다. 앞서 말했듯이 무슨 일에 의욕이 감소하는 것을 충동 결여라고 하는데, 이는 곧 우울증으로까지 확대될 수 있는 마음의 병이다.

이런 충동 결여는 지적 수준이 높은 사람일수록 자주 찾아온다고 한다.

내가 아는 한 고등학교 일반 사회겸 윤리 교사는 자신이 20년 이상 교직에서 올바른 것에 대해 가르쳤지만 솔직히 자신이 남에게 관용을 제대로 베푼 적은 별로 없었다고 고백했다. 또 일부 평가에서는 신학을 공부한 사람이 신학을 전문적으로 공부하지 않은 평신도보다 더 비관용의 태도를 보이려는 경향이 있다고 발표 되기도 했다.

지적 수준과 용서의 태도는 정비례하지 않는다. 자아가 강할수록, 억압돼 있을수록 용서에 인색하다. 자신이 배운 것, 자신이 알고 있는 가치에 대해 자신감과 확신이 강하면 강할 수록 여러 상황에 대해 너그럽지 못하다는 것이다. 그러다보니 허무주의에 빠지기도 쉽고, 충동 결여를 느끼게 된다.

명심할 것은 용서하려면 사건의 여러 가지 상황과 이면을 들여다볼 수 있어야 한다. 자신만의 세상에 빠져선 안 된다. 그래야 용서가 가능하고, 충동 결여 상황에서 빠져나올 수 있다. 마음으로 용서하는 것은 분명 용기가 필요한 일이다. 자신도 모르게 자연스럽게 흘러가는 감정이란 것에 맞서는 일은 쉽지 않다. 게다가 인간은 사건을 시니컬한 방향으로 생각할 수 있는 심리 구조를 지니고 있으니 말이다.

현대인은 누구든지 의욕이 없고 충동이 없는 충동 결여를 억제해야 한다. 이런 상황을 방치하는 것은 자기에게 결코 도움이 되지 못한다. 용서보다는 증오를 저축하려는 사람들의 내면에서 충동 결여의 씨앗이 잉태되는 것을 막아야 한다. 이것을 막고 용서의 방향으로 당신의 마음을 컨트롤해야 한다. 용서를 향해 열광하는 열정의 표상을 창출하라. 이런 과정을 거쳐서 사람은 발전한다. 자신의 발전을 위해서는 용서의 방향으로 마음의 닻을 올려야 한다.

★★★충동 결여, 우울증은 용서하지 않는 자에게 불현듯 찾아오는 불청객이다. 활기차고 알찬 삶을 영위하기 위해서 마음속에 분노를 쌓아두지 말자. 상황을 다양한 관점에서 바라보고 이해할 수 있는 능력을 기르자. 그것의 시작은 바로 내부로부터의 따뜻한 시선의 활동을 증가시키는데서 출발할 수 있는 것이다.★★★

사람의 생각이나 의견은 그렇게 간단히 바꿀 수 없다. 또 자신의 의견이 다른 사람의 의견과 다를 수 있는 것처럼 다른 사람도 나와 의견이 당연히 다를 수 있다. 그리고 그것은 용서할 수 없는 아무것도 아니고, 그리고 설사 의견이 다르더라도 서로 진지하면 그것으로 족하고 서로 관용하게 되어야 한다.

-체스터필드

화요일, 그 시각은 점심 시간이다.

미움이 마음을 점령하려고 했다.

미움과 투쟁한다.

마음을 미움보다는 평화로 채우기로 한다.

그것은 전략이기도 했다.

미움의 흔적은 이제 우리 것이 아니다.

하지만 미움이 마음을 차지하려고

별의 별 수작을 다 한다.

하지만 스스로 행복하기 위해서

평화를 마음에 채우려고 했다.

미움의 찌꺼기가 있던 자리에

사랑의 마음을 바로 채울 자신이 없었다.

그래서 미움이 있던 자리에 평화를 채우려고 한 것이다.

그것은 가능하다고 생각했다.

그러자 행복을 만들어 가는 법칙들을 발견하기 시작한다.

그것은 참으로 가치 큰 경험이 되었다.

제2장

자기를 행복하게 만들어 가는 법칙

남의 취약한 점을 보완해 주려는 마음을 갖게 되면 여러분은 인격적으로 더욱 좋은 인간됨을 갖게 될 것이다.

남을 위해서 뭔가를 하려는 마음을 세워 보는 것도 가치 있는 일이다.

하나_ 반대는 하되, 미워하진 말자

친밀한 시선 주기는 자신의 의지로 습관화할 수 있다. 프로이드는 인간 무의식의 공간에 분명히 내부로부터의 친밀한 시선을 주려는 마음이 존재한다고 했다. 인간에겐 상대의 잘못을 용서해 주려는 자비심이 존재한다는 것이다. 하지만 한편의 무의식에는 분노를 쌓아 두려는 마음도 존재한다고 한다. 그래서 분노의 마음으로 장벽을 치려 하는데, 이는 다른 사람들이 자신의 의식 영역에 들어오려는 것을 막기 위해서다.

사람들의 감정 양식을 보면 이런 현상은 더욱 뚜렷해진다. 용서는 개인의 감정 표현 양식에 따라 각각 달리 표출된다. 하지만 많은 사람들에게서 볼 수 있는 용서의 과정은 용서와 분노의 감정이 교차되며 진행되는 경우다.

예를 들어, 월드컵경기에서 축구 심판이 중요한 경기에서 자기 팀의 정말 사소한 반칙처럼 보이는 태클에 대한 벌로 페널티 킥을 분다면 이를 용서하기 어렵다. 하지만 경기 후에 그 경기 장면을 보고 나서 페널티 킥을 안 불러도 되는 상황이었다는 것이 판명되면 심판에 대한 감정은 용서와 분노가 교차된다.

한쪽으로는 감정 양식상 용서의 형식을 취하면서 한쪽에서는 분노하는 상황이 반복되면, 일단 용서의 방향으로 물줄기가 틀어지고 있다고 할 수 있다. 하지만 여기서 바로 용서에 대한 적극적인 결심이 더욱 강력하게 요구되는 시점이기도 하다.

이처럼 사람들은 어떤 상황에서는 분노심과 자비심을 동시에 가질 수 있다. 성공적인 인생을 추구하고자 하는 좋은 열정이 있다면, 자기 마음을 용서의 방향으로 용기 있게 물줄기를 틀어가는 습관을 들여야 한다. 이는 물론 하루 아침에 이루어지는 습관은 아니다.

용서의 습관화는 용서 실험 반복Forgive Experiental Replication
을 통해서 가능하다. 개인의 성격과 노력 여하에 따라 차이
가 심하다. 용서 실험을 수백 번 반복하면서 용서의 진정한
단계에 진입하는 사람이 있고, 그렇지 않고 수십 번의 용서
실험으로도 용서 습관을 들이는 사람이 있다.

용서를 실험하는 데 필요한 조건은, '용서 정서情緖의 세
력화를 도모해 가야' 한다. 자기의 내부에서 용서의
정서를 늘려라. 스스로 자신의 마음에 용서 영역을 넓히
고 있다고 생각하라. 서서히 당신의 마음은 용서의 방향으
로 나아가게 될 것이다.

★★★인간 본래적 욕망 속에는 용서하라는 마음과 용서하지 말라는 에고이즘이 자리하고 있다. 둘의 내부 투쟁은 잠재적으로 치열하다. 하지만 용서의 감정이 지배하면 그때부터 부정적 에고이즘은 서서히 밀린다. 내부로부터의 친밀한 시선 주기를 통해서 당신은 상대를 용서하고 더 행복해질 수 있다.★★★

그때에 베드로가 예수께 와서 "주님, 제 형제가 저에게 잘못을 저지르면 몇 번이나 용서해 주어야 합니까? 일곱 번이면 되겠습니까?" 하고 묻자 예수께서는 이렇게 대답하셨다. "일곱 번뿐 아니라 일곱 번씩 일흔 번이라도 용서하여라."

– 성서

내 생애 가장 행복한 일주일

둘_ 절제된 질문

궁금증이 지나치면 시비가 되기도 한다. 그러므로 궁금증의 억제도 좋은 태도이다. 용서는 궁금한 것도 덮어 볼 줄 아는 그런 태도로부터 잉태될 수 있다.

친구들의 모임에만 가면 〈또래 모임〉의 회장을 향해서 시비를 거는 D를 자주 본다. 하지만 회장은 D에게 화를 내는 법이 없다. 다른 회원이 봐도 회장은 너무나 잘 참는다. 회비를 한 달에 30만 원씩 걷는 모임이다. 회비는 모두 회장이 관리한다. 믿음직스런 회장 덕에 잘 돌아가는 듯한 모임이 어느 날 D라는 회원이 "회장이 회비를 용도 외에 쓰는 것 같다"는 발언을 하면서 분위기가 달라진다. 회장이 갖고 있던 내면의 분노가 액션 아웃Action out 한 것이다. 분노가 폭발한 것이다.

회장은 그동안 잘 참아왔다. 겉보기에 D를 늘 용서하는 듯했다. 하지만 결국 〈또래 모임 회장〉은 스스로 분노 폭발을 함으로써 D와 똑같은 수준의 사람이 돼버린 것이다.

"뭐요, 그럼 내가 회비를 다른 데 썼다고요. 회비 횡령이라고요?"

분위기가 험상궂다.

며칠이 지나도 대표는 맘이 풀리지 않는다. D를 용서할 마음은 추호도 없다. 용서하지 않고 이 모임을 지속해 갈 수 있겠는가?

회장은 그 동안 어설픈 용서를 해왔던 것이다. 어설픈 용서는 분노를 쌓아두는 것밖에 되지 않는다. 당신이 어떤 문제에서 그 동안 아무리 온순한 이미지를 지켜왔을지라도 결국 폭발해 버리면 주변 사람들은 당신을 좋은 이미지로 보지 않는다. 한마디로 당신의 이미지에 치명적인 손상을 입힌 것이다. 용서를 하려면 확실히 해야 한다. 마음의 앙금을 남기지 말고 확실히 용서해 마음의 평온을 찾아야 한다. 어설픈 용서는 도로徒勞에 그치고 만다는 사실을 명심해야 한다.

★★★어설프게 용서하지 말아라. 어설픈 용서는 분노를 쌓아 두는 것과 다름없다. 쌓아둔 분노는 폭발력을 지닌다. 분노를 쌓아 두지 않는 길은 진정한 용서로 스스로를 이끌어 가는 수밖에 없다. 액션 아웃극복Action-out Overcome을 이루라. 철저히 감정 억제를 하라. 이것이 당신을 성공하는 인간으로 만들어 줄 것이다. 철저한 감정 억제는 바로 당신의 내부로 훈련된 친밀한 시선 주기에서 시작될 수 있는 것이다.★★★

어리석은 이야기를 참고 들으며 잘못을 용서하고 결점에 눈을 감아줄 수 없으면, 사회 생활의 기쁨이나 이로움은 맛볼 수 없다.

내 생애 가장 행복한 일주일

셋_ 배워야 할 수 있다

내부로부터의 친밀한 시선 주기는 타인과의 관계가 성립했을 때, 파생될 수 있다. 용서를 한다는 것은 쉽지 않다. 하지만 그것을 배워가면 용서를 잘 할 수 있다. 용서는 인간의 마음을 편하게 해준다. 정의를 무시하고 용서하란 말은 분명 아니다. 하지만 용시하면 하는 자가 디 행복해진다. 인긴이 혼자서 살아간다면 용서할 일도, 용서받을 일도 발생하지 않을 것이다. 사람들은 이처럼 끊임없이 맺어지는 타인과의 관계 속에서 여러 가지 스트레스에 노출된다.

타인과의 관계가 원활하지 못할 때, 사람들이 쉽게 내뱉는 말 중의 하나가 바로 "난 인복이 없어"라는 말이다. 이 말은 마치 자신이 처한 나쁜 상황을 체념 또는 포기하는 듯한 넋두리 같지만, 이 넋두리는 상황을 더욱 악화시키는 데 한 몫을 한다.

자신이 인간 관계에서 받은 스트레스를 자신의 인복 탓으로만 돌리는 것은, 계속 스트레스를 마음속에 안고 있는 것이다. 인복이 없다는 말은 무의식중에 계속해서 남을 원망하고 있다는 증거다.

인간 관계에서 문제의 핵심을 짚지 않고, 인복만 탓하다 보면 남을 용서해야 할 당위성을 찾지 못하게 된다. 용서란 인간 관계에서 절대적으로 필요한 것인데, 무의식중에 타인에 대한 원망을 남겨두는 것은 결코 이로운 일이 아니다.

용서하는 마음을 가지려면 일단, '나는 인복이 부족해'라는 푸념부터 늘어놓지 말아라.

내가 인복이 부족한 사람이라면, 앞으로도 나는 좋은 사람을 만날 수 없고, 나의 사회 생활은 엉망진창이 될 것이다. 정말 그렇게 되길 바라는가.

남에 대한 원망과 증오는 나의 인간 관계, 사회 생활, 그 어떤 상황도 변화시킬 수 없다.

★★★ "나는 인복이 없어"라고 함부로 말하지 말라. 이 말은 무의식중에 남겨진 타인에 대한 원망이다. 앞으로 어디서 무슨 일로 어떤 사람을 만났건 인간 관계에 문제가 생겼을 때 인복을 탓하며 남을 원망하다보면, 남을 용서해야 할 필요성을 찾지 못한다. 이는 자신의 사회 생활에 큰 타격을 줄 것이다. 남에 대한 원망은 나의 인간 관계, 사회 생활, 그 어떤 상황도 변화시킬 수 없다. 원망하는 마음이 행복한 일주일을 만드는데 장애가 된다는 것을 기억하라. ★★★

다른 사람을 탓하고 원망하는 사람은 아무 것도 이룰 수 없다.

-앤드류 매튜스

넷_시야를 넓혀라

눈에 보이는 것을 넓히기 바란다. 행복하려면 많은 것을 동시에 볼 줄 아는 시계가 넓은 존재가 되라.

세상속에서 여러분이 하루 아침에 모든 일을 용서하기엔 너무 힘든 상대가 있다. 몇날 며칠을 고심해도 도저히 용서하기 힘들다. 용서를 하려니 자신의 심리 상태가 허락지 않고, 증오를 마음에 저축하자니 마음이 너무 무겁다. 이렇게 저렇게 생각해 봐도 결국 용서하는 일이 내게 이로울 것 같긴 한데, 용서하는 것도 만만치 않게 고통이 따르는 듯하다.

이런 마음이 아마 용서하기 직전의 사람들에게 찾아오는

심리일 것이다.

분명 나에게 해 입힌 자를 용서하는 일이란 쉬운 일이 아니다. 하지만 이토록 어려운 용서를 보다 쉽게 하는 방법이 있다. 바로 초기 기억Early Memory을 떠올리는 것이다.

여러분의 초기 기억을 더듬어 보라. 상대방을 처음 만났던 그 순간만은 서로에게 흠이 없지 않았는가. 단지 비즈니스를 진행하다보니 먼지가 쌓이고 이권利權의 충돌이 생긴 것이 아닌가. 처음 만났던 순수했던 상대를 떠올리다보면, 그 사람을 용서하기가 쉬워진다.

사람을 용서하기 시작하면, 죄나 그 사람의 행위를 용서하는 것은 가능해질 수 있다. 용서가 힘든 이유 중의 하나는 바로, 사람들이 죄를 미워하는 것이 아니라, 사람을 미워하기 때문이다. 오죽하면 '죄는 미워하되, 사람은 미워하지 말라'는 말이 있겠는가. 때때로 오해했던 사건이 모두 밝혀지고 서로에게 합당한 대가를 치렀는데도, 계속 사이가 좋지 못한 것은 사람을 미워하는 마음이 계속 남아 있기 때문이다.

다시 말하지만, 용서가 어려울 땐 그 사람을 만났던 초기 기억을 떠올려라.

용서의 길은 분명 좁은 길이지만 용서를 두려워하지 말라. 용서하면 편협으로부터 자신을 구출할 수 있다. 용서하지 않고서 으르렁거리기를 지속할 것인가. 용서하지 않고 과거를 붙잡고 지낼 것인가, 용서 하고 미래로 나아갈 것인가.

초기 기억을 더듬어라. 이권이 당신들 사이에 등장하기 전에는 사이가 그렇게 마냥 험상궂게 전개되었는가?

★★★ "죄는 미워하되, 사람은 미워하지 말라"라는 말이 있다. 용서가 어려운 이유 중의 하나는 사람들이 죄나 행위를 미워하기보다 사람을 미워하기 때문이다. 따라서 사람을 용서할 수 있어야 진정한 마음의 평온을 얻을 수 있다. 만약 정말 그 사람이 용서되지 않거든, 그 사람을 처음 만났던 기억을 떠올려라. ★★★

가장 배우기 어려운 교훈은 우리에게 상처를 안겨준 자들을 용서하는 것이다.

-조셉 자콥스

다섯_ 생활하다 보면

유머를 발휘하라. 그러면 여러분의 행복 지수가 더 향상될 수 있다.

살다 보면 특정 제도로 인해 피해를 입을 때가 있다. 제도가 개인의 희생을 강요하는 경우도 있다. 이럴 경우 사람들은 제도를 쉽게 용서하지 않는다. 그래서 유머를 잊고 살게된다. 더 솔직히 말하면 제도를 만든 주체를 용서하지 않는다. 용서를 통해서 새로운 제도를 모색할 수 있는데도 용서에 대해 단호하다. 개인의 희생을 강요하는 제도도 안타깝지만, 그렇다고 제도와 국민들이 타협하지 못하는 상황도 안타깝다. 어떤 나라의 국민이 불합리한 세금제도로 시가가 더 낮은 주택 소유자가 더 비싼 주택 소유자보다 더 많은 세금을 주택 보유세로 내야 하는 경우가 바로 제도의 문제이다.

이것은 분명 바로 고쳐져야 한다.

하지만 그런 불합리한 세금 제도를 용서하지 못하는 마음이 이런 경우를 당하면 일시적으로 축적된다.

특히, 제도에 대한 용서는 선동적인 군중 심리와 교묘하게 얽혀 더 어려워지기도 한다. 개인적으로는 용서할 수 있는 일도 이런 불합리한 세금제도를 용서하면 동료를 배신하는 것처럼 느껴지는 것이다. 그래서 타협할 수 있는 일에도 '투쟁'을 들먹이며 상황을 악화시키는 경우를 종종 보게 된다. 때론 마치 마녀사냥이라도 하듯 한 제도나 그 제도를 운영하는 사람을 몰아세운다. 그것은 증오심이 불러일으킨 일종의 신경증으로밖에 설명되지 않는다. 물론 투쟁이 항상 나쁘다는 것은 아니다. 역사의 흐름 속에서 투쟁은 새로운 시대를 창건하는 데 분명 지대한 영향을 미쳤다.

하지만 새로운 대안적 제도를 위해서는 투쟁만이 아니라

기존 제도의 배경을 더 깊이 헤아리는 지혜가 필요하다. 새로운 인식을 통해서 제도를 개선하거나, 대안적 제도를 새로 만들 수 있는데도 기존의 제도를 화두로 투쟁을 강화하는 것은 소모전에 불과하다.

그럼에도 불구하고 투쟁을 일종의 신경증처럼 구사하는 사람들은 의외로 많은 것 같다. 하지만 제도의 불합리함을 고치려면 일반 신경증처럼 투쟁하려는 경향을 고쳐야 한다는 사실을 명심하라. 그것은 포지티브한 결단이다. 자기 주관성을 통해서 기존 제도를 용서하라. 그런 후에 다시 대안을 제시하고 문제를 개선하도록 접근하라.

★★★자기 내부에 지니고 있는 증오憎惡를 향한 신경증적 경향성을 극복하라. 증오심을 극복하는데는 시니컬한 마음을 바꿔야 한다. 밝은 마음을 만들어라. 용서하는 미덕은 남을 위해서라기보다 자기를 위해서 필요하다. 용서를 함으로써 상대방의 마음에 평화를 줄 수도 있다. 하지만 용서는 자기의 내적인 의지에서 우러나온다. 과거의 분노에 자기를 묶어둘 것인가. 미래의 화해를 향해서 나아갈 것인가를 매일 매시간 선택하라. 내부에서부터의 행복한 일주일 만들기는 전적으로 당신의 의지로 이루어진다.★★★

누구를 용서하거나 누구에게 용서를 받고 생기는, 사람의 입으로는 도저히 표현할 수 없는 그 기쁨이란 마치 하늘의 질투심 마저도 뒤흔들어 놓을 만큼 큰 기쁨이다.

-앨버트 허버드

수요일 저녁,

가슴에서 따뜻한 훈기를 느낀다.

그러자 있던 불평이 사고라든다.

소화 불량이 좋아지기 시작한다.

문제는 안에 있는 차가운 공기라는 것을 인식한다.

그래

'안의 차가운 공기 대신 따뜻한 훈기를 가득 채우자.

그러면 더 행복해질 수 있어'

여섯_ 따뜻함이 주는 힘

인정을 발휘하라. 그러면 여러분은 지금보다 더 행복해 질 수 있다.

남을 용서하기에 앞서, 남에게 용서받을 일을 만들지 않 으려면 경험적 타당성empirical Validity을 고려해서 언행을 하 라. 인정을 갖고 언행을 하라. 그것의 시작은 내부로부터의 친밀한 시선 보내기에서부터 시작할 수 있다.

남에 대한 증오가 생겼다면 바로 경험적 타당성을 생각 해서 용서의 단계에 진입하라. 이것은 쉬운 길이 아니다. 하 지만 시도하라.

둘째딸인 C는 애정 갈구가 심하다. 어릴 적부터 아버지는 언니만 사랑한다는 피해의식 속에서 살았다. 이런 심리를 가지고 결혼을 했고, C는 남편과 친밀도가 아주 높다. 아버지와의 연락은 5년 이상 끊고 지냈다.

5년 전 설날 C가 친정에 들렀을 때 아버지의 편애가 두드러진 것이 화근이었다. 아버지가 선물로 밍크코트 한 벌을 언니에게 준 것이다. 아버지는 작은딸보다 큰딸의 형편이 어려운 것을 알고 큰딸에게 준 것인데, C는 아버지의 편애가 여전하다고 확신했다. 분노가 쌓였고, 이 일이 있은 후 전화 한 통화 없이 발길을 돌린 것이다.

경험적 타당성에 비춰보자. 이 경우는 아버지의 편애偏愛로 해석될 수가 있다. 이런 아버지의 행위는 둘째에게 그렇게 비춰질 수 있다. 경험적 타당성에 비춰서 보면 이 경우 미리 아버지가 공개적인 자리에서 설명을 해줬어야 한다.

"언니에게 밍크 코트 한 벌을 선물한다. 이것을 너희 엄마 드릴까 했는데 둘째는 잘 살고, 첫째는 저렇게 형편이 어려워져서 용기를 준다는 차원에서 큰애를 주게 됐다. 둘째가 이해해라."

이렇게 미리 말하고 큰딸에게 밍크코트를 주었다면 이렇게 분노하지는 않았을 것이다. 아버지가 그렇게 했다면 섭섭한 마음은 있었겠지만 C가 그렇게 마음의 상처를 입진 않았을 것이다. 하지만 이미 C는 아버지가 언니에게만 그 옷을 사준 것으로 오해한 것이다.

★★★용서의 문제를 야기하지 않으려면 경험적 타당성을 항상 의식해야 한다. 일터에서도 가정에서도 마찬가지다. 자기의 언행이 경험적 타당성이 높은가를 생각해야 한다. 용서의 문제를 남기지 않는 차원의 처신을 하면서 세상을 사는 것이 좋다. 하지만 사람은 불완전한 존재다. 어떤 호인도 본의 아니게 남에게 고통을 줄 수 있다. 이 점을 경계하면서 일해야 한다. 이권을 앞에 둔 비즈니스 현장에서는 더욱 그러하다. 언제 어디서든 경험적 타당성을 생각하며 처신하라. 경험적 타당성은 상식으로부터 읽을 수 있다. 상식을 통해서 얻게 되는 것에 기준하고 내부로부터 친밀한 시선 주기를 하라. 그렇게 하면 당신은 행복의 길로 나아갈 수 있을 것이다. ★★★

모욕이 없다면 세상은 평화로 간다. 남이 아무리 작게 보여도 모욕은 하지 않는 매너를 보여라. 다 같은 인간이다

내 생애 가장 행복한 일주일

일곱_ 고백을 교환함으로써 감정을 튼다

"귀사의 물건을 저희가 너무 비싸게 값을 지불하고 구매한 것 같습니다. 이미 지나버린 일입니다만 귀사에게 섭섭하기는 합니다. 그렇다고 이 감정을 지속적으로 갖고 있겠다는 것은 아닙니다만 알고는 계십시오. 이런 고백이 귀사와 우리 회사 간의 감정이 나빠질 수도 있으니까 안하려고 했지만 하는 것이 좋을 것 같아서 말하고 있습니다.이제는 제 속이 확 풀리는 것 같습니다. 말을 하고나니……"

이것은 물건을 산 입장에서 구매 가격을 비싸게 주고 거래한 것을 섭섭하게 생각하면서도 용서한다는 메시지다. 이런 문자 메시지를 거래선에 보내 보라. 자기의 섭섭함을 '비싼 가격에 산 것'으로 특화해서 고백해 보라. 한결 마음이 풀릴 것이다.

홍보를 위한 고백은 서로간에 이해력을 높이기도 한다.

그리하여 그 상품은 시장에서 사람들의 사랑을 받기도 한다. 이야기를 전개해 보자. 제품에 대한 정보를 고백함으로써 소비자의 이해와 사랑을 받는 회사 이야기다.

탁월한 기술로 비즈니스컨텐츠를 영상 무선 데이터 제품으로 구현하는 회사가 있다. 모토롤라라는 조직이다. 이 회사는 제품을 만들면 시장에 보내기 전에 알린다. 소식지 형태로 이런 제품이 이런 성능을 지녔고, 이런 기술로 만들어졌음을 잘 홍보한다. 그래서 모토롤라사와 관련된 클라이언트들은 자기들의 회사 안에서 모토롤라 신제품 개발 소식을 잘 듣고 있다. 시장에 내보이는 지속적인 홍보를 통해 모토롤라 제품들은 성공하고 있다.

서로를 고백하는 것, 그것처럼 서로의 관계를 돈독히 해 주는 것은 없다. 고백은 서로를 신뢰하게 만들고 사람들은 자신이 신뢰하는 사람의 실수에 대해선 관대해지는 경향이 있다. 따라서 용서의 과정에도 이 같은 고백의 교환이 필요하다. 용서는 관대함과 사랑으로부터 분리되어 나오는 감정이기 때문이다.

만약 비즈니스 상에서 자신을 고백해야 한다면, 자신의 생각을 뚜렷이 밝히고, 자신이 밝힌 생각을 몸으로 지키도록 노력해야 한다. 신용을 지켜야 한다.

한마디로 사랑받고 서로 용서받기 위해서는 중심 있는 고백이 필요한 것이다. 자신을 고백하고 상대방의 고백을 들어주면 이해와 용서의 물꼬는 저절로 트인다.

★★★고백을 나눠라. 용서하고 싶지 않았던 시기의 속마음을 터놓아라. 속마음을 다 털어내며 고백하라. 자기의 내심의 갈등을 말하라. 서로 간의 분노가 어떤 상태에서 작동했던가를 생각해 보라. 그 일에 대한 서로의 생각을 주고 받아 보라. 하면 고백의 광장에서 서로 용서의 길로 들어서는 기회를 찾게 될 것이다. 고백을 통해서 알려 주면 상대의 사랑도 받게 된다. 고백을 통해서 자기의 내면의 고통을 토로하라. 당신의 마음도 가벼워질 것이다.★★★

우리들은 친구에 대해서 우리들에게 지장이 없는 한, 쉽사리 그 결점을 용서한다.

-라로슈프코

여덟_ 축적과 순환

내부 고통을 지니고 있지 않은 사람들은 많지
않다. 대부분의 사람들이 마음의 짐을 조금씩 지며 살아가
고 있다.

내부 고통을 안고 사는 것은 자기가 풀지 못한 일이 많다
는 증거다. 내부 고통이 쌓이다 보면 자연적으로 마음속의
공간이 좁아지게 마련이다. 그러면 용서하는 마음이 들어
설 공간도 그만큼 좁아진다. 계속 마음속에 분노는 쌓여가
고, 용서할 마음은 들어서질 못한다. 그야말로 마음이 병들
어 가는 것이다.

따라서 용서를 하는 법칙 중에 하나는 자기의 내부 고통에 침묵하지 말라는 것이다.

내부 고통을 드러내지 않으면 미래를 향해서 진정한 진전을 이루기 어렵다. 마음을 평화롭게 하려면 용서할 것을 찾아서 용서하라. 용서는 마음을 맑게 하는 일이다. 내부의 많은 고통은 분노저축 통장에서 오는 경우가 많다. 분노 저축 통장의 잔고를 남기지 말라.

처음엔 용서의 모델을 생각해라. 인도의 간디 수상 같은 존재가 아니어도 된다. 용서를 하고 자기 내부의 고통의 짐을 벗은 일상인들을 주변에서 찾아 모델로 삼는 것도 좋은 방법이다.

더 이상 내부 고통을 침묵한 채 내버려두지 말고 쌓여져 있던 분노를 들춰내며 끊임없이 용서하라. 그러면 분노할 거리가 찾아와도 쉽게 용서할 수 있는 마음의 공간이 생긴다. 분노는 계속해서 마음속에 쌓이는 것이지만, 용서는 계속해서 마음을 순환하게 하는 것이기 때문이다.

★★★내부에 쌓여 있는 분노를 그대로 두지 말라. 끊임없이 들춰내 용서로써 정화해야 한다. 그렇지 않으면 용서할 마음이 들어갈 공간조차 마음속에 남지 않게 된다. 분노는 쌓이지만, 용서는 순환한다. 분노는 쌓여서 마음속을 좁히지만 용서는 순환하여 마음속을 넓힌다.★★★

그대에게 죄를 지은 사람이 있거든, 그가 누구이든 그것을 잊어버리고 용서하라. 그때에 그대는 용서한다는 행복을 알 것이다. 우리에게는 남을 책망할 수 있는 권리는 없는 것이다.

-톨스토이

아홉 _ 고정 관념에 새옷을 입히자

　사람은 모두 나름대로의 주관이 있고, 또 이 소신 체계를 바꾸는 것은 쉬운 일이 아니다. 하지만 용서의 마음을 준비하려면 소신 체계를 바꿔야 할 상황에 놓일 수 있다. 이 점을 항상 의식해야 한다.

　예를 들어 시어머니의 구박을 쉽게 용서하는 며느리는 현대 사회에서 찾아보기 어렵다. 며느리의 마음은 시어머니의 구박을 용서하려 들지 않는다. 마음의 번뇌를 겪으면서 보냈던 시집살이가 쉽게 용서의 방향으로 자아를 이끌지 못한다. 왜냐하면 시어머니의 구박은, 며느리 입장에서 생각하기에, 명백히 도리에서 어긋난 것이었기 때문이다.

마음의 균형을 맞추며 용서할 수 있는 상황이 있는가 하면, 이처럼 용서라는 개념을 내세우기가 어려운 상황도 많이 있다. 차라리 서로 동등한 입장에서 떳떳이 잘잘못을 명확히 밝힐 수 있는 문제라면, 밝힌 후 용서하면 될 텐데, 속으로만 끙끙 앓아야 할 입장인 것이다. 또 어설픈 용서를 하자니 정말 화병이 날 것 같다. 이런 경우, 정말 맹목적으로 용서하는 길밖에 없는 것인가. 신이 아닌 다음에야, 과연 맹목적인 용서가 가능할까. 용서라는 것에 회의가 치미는 순간이다.

하지만 용서는 지금까지 자기 경험이 터득했던 방식만으로는 이뤄지기 어렵다. 특히 맹목적 용서란 더욱 그렇다. 이런 과정에서 필요한 힘이 바로 자기리더십이다. 자기를 이끌어갈 수 있는 정신력이 필요하다. 왜냐하면 자기리더십을 가진 사람이 의식적인 용서 동기Conscious forgive Motivation를 쉽게 개발할 수 있기 때문이다.

의식적인 용서 동기는 맹목적인 용서가 어려울수록 꼭 필요한 개념이다. 의식적인 용서 동기란 말 그대로 의식적으로 용서할 수 있는 동기를 찾아내는 것이다. 이것은 쌓아

둔 분노를 들춰내 용서해 버리는 것만큼이나 자신의 정신 건강에 중요한 일이다.

　과거의 응어리를 잔뜩 안고는 미래를 향해서 긍정적인 항해를 하기 어렵다. 이렇게 미래를 향해서 전진하기 위해서는 의식적인 용서의 동기를 발휘해야 한다.

★★★맹목적인 용서가 어려운 만큼, 용서에는 강한 자기리더십이 요구된다. 강한 자기리더십은 의식적인 용서 동기를 찾는 일을 수월하게 한다. 용서를 하면 서로간에 친밀한 시선을 보낼 수 있는 법이다★★★

사람의 생각이나 의견은 그렇게 간단히 바꿀 수 없다. 또 자신의 의견이 다른 사람의 의견과 다를 수 있는 것처럼 다른 사람도 나와 의견이 당연히 다를 수 있다. 그리고 그것은 용서할 수 없는 아무것도 아니고, 그리고 설사 의견이 다르더라도 서로 진지하면 그것으로 족하고 서로 관용하게 되어야 한다.

-체스터필드

열_관계를 깔끔하게

선언하라. 선언적인 태도로 친밀한 시선을 보내고 서로 용서하라. 자기의 내면에 짊어지고 있던 짐들을 부릴 준비를 하라. 이런 상황에서 용서의 길을 선언하기 위해서 숙고하고, 숙고를 통해서 용서 콘텐츠를 정하라. 이것은 용서를 정돈해 주는 작업이다.

사람들이 메모를 하면서 생각을 정리하듯, 용서할 때도 메모장을 이용해 보자. 메모장에 용서해야 할 콘텐츠를 정리하다 보면, 자신의 마음속에 억눌려 있던 분노들이 하나

둘 튀어나오고, 직접 자신의 마음이 무거웠던 원인들을 밝힐 수 있다. 용서할 목록을 정하는 건 자유다. 나를 분노하게 했던 사람을 기준으로 정리할 수도 있고, 날짜별로 정리할 수도 있다. 아무튼 속속들이 다 꺼내놓아라.

용서할 목록을 모두 꺼내놓았다면, 이젠 선언하라. 선언을 함으로써 사람들은 자신이 한 말을 자신의 귀로 직접 듣게 되는데, 이는 자신의 결단에 강한 의지와 책임감을 심어준다.

자기 목소리로 "경쟁회사 홍보이사 홍길동 그 녀석, 2000년 3월 17일날 우리 회사 허위 근거로 비난했다. 그것을 내가 대표이사로서의 자격으로 오늘부로 용서한다"라고 외쳐 봐라. 용서 컨텐츠를 담아 선언적으로 용서하라. 그렇게 하면 용서에의 의지가 불끈 솟는 것을 느낄 수 있을 것이다. 그렇게 되면 내부로부터의 친밀한 시선이 서로 교환될 수 있을 것이다

★★★용서 목록을 정하라. 이렇게 하면 분노를 창고에만 가둬 두지 못한다. 용서 목록은 자기의 내면을 고찰해서 기록해 보라. 구체화해서 기록하라. 용서 목록의 구체화는 용서의 방향으로 자기를 인도하는 데 나침판 역할을 해주게 될 것이다.★★★

★★★자기가 먼저 용서한다고 선언하기를 두려워 말라. 자기의 방호벽 높은 환경을 위해서, 그리고 분노로 성을 쌓아온 과거와의 전투에서 이기기 위해서는 이런 선언이 필요하다. 서로 내부로부터 친밀한 시선 보내기를 하면 인간 관계는 성공으로 갈 수 있고 직업적인 성공도 자기 것이 된다.★★★

서로 감정으로 대립할 때 인간은 그 원수와 같은 수준이 된다. 그러나 용서할 때 그는 그의 원수보다 위에 있다.

－베이컨

열하나_ 각각의 스타일이 있다

서로 친밀한 시선 보내기에 찬스는 있나?

이런 질문을 스스로에게 하는 사람이 있다면 참 현명한 길로 접어들고 있는 것이다. 용서의 찬스는 있다. 하지만 사람들의 스타일에서 각각 다른 찬스가 기다리고 있다.

주도 면밀한 형, 적응 동조형, 산만 표출형, 분석형, 우호형 등 다섯 가지의 용서형이 존재한다. 당신은 어느 형인가를 생각하라. 자기에게 맞는 스타일을 찾아라. 개인차는 분명히 있다. 개인차에 따라서 용서의 찬스를 각각 달리 정해서 행하라. 이것이 좋은 과일을 수확하려는 농부들이 수확

시기를 결심하는 것과 같은 것이다.

주도 면밀형을 보자. 용서도 주도 면밀하게 하려 한다. 용
서를 하되 공개적으로 하려 한다. 이런 스타일은 흔히 '뒤
끝 없이 용서하는' 스타일이다. 하지만 용서하는 데 시간이
걸린다.

적응 동조형이 있다. 이런 스타일의 사람은 용서의 길에
서 자연스런 속도가 어떻게 조절되어야 하는가를 생각한다.
용서의 적시적절한 타이밍을 정하는데 순리를 중시한다.

산만 표출형은 산만하게 일을 처리하는 습성을 지닌다.
이런 유형의 존재는 용서의 찬스를 제대로 정하지 못하는
경우가 많다. 용서의 시기를 정확하게 정하는 노력을 집중
적으로 해야 한다.

분석형은 상대방을 용서하는 시기를 소심하게 정하려 한
다. 적대감을 해제하는 일을 상당히 주저한다. 하지만 이런
유형은 상대를 용서하는데 까다롭게 비친다는 생각을 할

가치가 있다.

　우호형은 습관적으로 용서하기를 좋아하는 형이다. 상당히 부드럽게 용서한다. 하지만 용서의 이유를 명확히 인식하지 못하고 용서하려 한다는 주변의 비판에도 귀를 기울여야 한다. 어찌 보면 용서를 딱히 우선적으로 의례적으로 내세우지 않는 형이기도 하다. 이 유형은 용서의 컨텐츠를 더욱 분명히 하도록 노력하라. 용서의 찬스를 조기에 만들려는 강박 관념에서 벗어나려는 자기 노력이 필요하다.

★★★직장 생활에서 다소 이견이 있는 사람 사이라도 서로 친밀한 시선 보내기에는 진정한 찬스가 있다. 용서함으로 서로 밀착될 찬스다. 카다피는 무장된 고성능의 무기를 폐기함으로써 다른 나라들과 평화적 화해를 추구한다. 2003년 겨울의 리비아 대통령 카다피의 선언은 평화를 향한 진일보를 가져올 것이다. 마음에 지닌 타국에 대한 증오심을 용서의 마음으로 변화시키는 리더들이 늘어나야 한다. 진정한 평화는 용서의 찬스를 잘 포착하는 상황에서 유래된다. 용서는 자기가 약해도 할 수 있다. 카다피가 그런 사람이다. 과거 자기와 적대국을 용서한다. 자기가 억울해도 용서하기로 한다. 그래서 고성능 무기를 만들지 않겠다고 선언한다. 이것은 힘의 정책을 지향하는 미국의 부시 행정부에게 화해의 메시지를 준 것이다. 카다피는 용서의 찬스를 잘 포착해서 자기 민족을 전쟁의 미궁으로부터 구한 것이다. 더 바람직한 현상은 적대국에 대하여 갖고 있는 증오심을 리비아 국민들이 버려 가고 있다는 점이다. 스스로 용서의 찬스를 포착하라. 비즈니스에서 서로 내부로부터의 친밀한 시선 보내기의 찬스를 잘 포착하는 사람이 행복하다.★★★

용서는 제비꽃이 자기를 밟아 뭉갠 발꿈치에 남기는 향기이다
-마크 트웨인

내 생애 가장 행복한 일주일

목요일 새벽이다.

도심은 별빛같이 보이는 네온사인으로 밝아 오는 중이다.

잘난 척하지 않고 자신을 보기로 한다.

남보다 더 용서 받을 일이 많은 자아라는 인식을 한다.

이런 인식을 하기에는 용기가 필요했다.

생각하는 정의들이 상대적인 정의들이라는 생각을 한다.

누구보다 자아가 흠결이 있는 세상 속의 존재라는 인식은

용서해야 한다는 생각으로 이어졌다.

'먼저 친절한 시선을 보내는 하루가 되자.

그리고 타인에게도 동시에 나에게 보내는

친밀한 시선을 보내는 하루를 만들어 가자'

이런 생각으로 새벽을 채색하기 시작한다.

친밀한 시선이 지닌 힘이 느껴지기 시작했다.

제3장

친밀한 시선視線의 힘

용서하기란 쉽지 않다. 이것은 정의를 세워가려는 인간의 다른 마음에 기인한다. 하지만 상대적인 정의가 많다는 것을 항상 생각해야 한다. 절대적인 정의를 무시하는 것은 아니다. 하지만 많은 경우 상대적인 정의감에 붙잡혀 있는 인간이 많다. 그래서 자기만 옳은 체하기보다 상대방에게도 말하고, 존중받을 수 있는 찬스를 제공하는 것이 좋다. 친밀한 시선을 아는 사람에게 보내 보라. 그러면 여러분의 행복은 지금보다 더 많이 증진될 수 있다.

용서는 힘을 갖고 있다. 관용의 힘은 크다. 지배력을 확보하게 한다. 용서한 일과 대상에 대한 지배력을 갖게 한다.

예수님은 "용서를 한 사람에게 일곱 번씩 일흔 번이라도 하라"고 했다. 무한 용서의 파워를 말하고 있다. 부처는 자비를 말씀하셨다. 중생에 대한 자비를 강조한다. 왜 용서를 강조하는가? 여기서 말하려는 용서는 일상적인 용서, 역사적인 용서, 심리적인 용서를 포함한다.

힘 1_ 각성

직장에서 서로 친밀한 시선을 보내게 되면 각성하게 된다. 서로 진지하게 용서를 함으로써 각성의 단계에 접어드는 사람들이 가끔씩 있다. 용서를 내면에서 한다는 것은 은밀한 행위이다. 하지만 공개적인 용서를 하는 사람도 경우도 존재한다.

자기와 타인을 용서하라. 자기가 일 속에서, 인생의 길에서 용서한 대상과 개인, 조직을 기억하라. 기억하지 못하는 용서는 자칫 자아를 각성의 단계에서 게으르게 만들지 모른다. 용서는 각성을 하게 한다. 역사적 용서는 더욱 그렇다. 용서하라. 하지만 자주 기억하라. 자기가 용서한 일의 과정을 기억하라. 용서한 이유도 기억하라.

검증해야 할 가설이 세상에는 많다. 용서의 대상이 되는 일도 검증이 필요한 가설적 요소를 지니고 있을 수 있다.

스님이 묵언의 시간을 길게 갖는다고 하자. 하면 그 스님은 자기 각성을 위해서 시간 투자를 하고 있는 것이다. 시간 투자를 하라. 각성에 시간을 투자하라. 자기의 일터에서 각성의 시간을 가지라. 진정한 깨우침이 각성이다.

이런 각성은 지난 과거의 찌꺼기를 용서하는 마음으로부터 시작된다. 용서하지 못한 분노의 창고를 열지 않고는 개인의 진정한 각성은 기대하기 어렵다. 각성하기 위해서 배팅하라. 하면 각성을 매시간 하면서 여러분은 영적인 파워가 향상되는 자아를 체험하게 될 것이다.

용서에 배팅하라. 당신의 영적 각성은 커진다.

'스미스'라는 이름을 가진 애널리스트 페이퍼를 믿고 투자해서 월가에서 손해를 본 Y씨는 시달린다. 분노의 마음에 잠을 깊이 이룰 수가 없다. 이런 나날이 6개월 이상 흐른다. 소화 불량이 겹친다. 의원을 찾아간다. 이상이 없다. 심리적 소화불량인 셈이다. 여기에 불면증이 겹친 것이란다. 처방은 오직 하나. 마음의 평안을 유지하라는 것이다. 용서를 하기 어렵다고 생각한다. 하지만 이런 생각을 하면 할수록 울화가 치민다. 그렇다고 이 페이퍼를 발표한 스미스를 대상으로 손배소송을 하고 싶은 마음도, 비용도 치르고 싶지 않다. 승소하겠는가에 대한 의문도 있다. 폭주를 한다. 용서하지 못하는 마음이 원망스럽기까지 하다. 만약 이런 상태를 Y가 앞으로 3년간 지속한다면 Y는 자기를 스스로 가두는 결과를 가져올지도 모른다. 자기를 정체된 상태로 몰고 가는 것이다. 용서하면 활력 있는 자기를 다시 만들어 낼 수 있는 힘을 얻게 된다.

★★★ 서로의 만남에서, 사적 만남이든 공적 만남이든간에 서로 친밀한 시선을 교환하라. 의지적으로 그렇게 하라. 하면 새로운 각성이 생긴다. 재정적으로 손해를 준 애널리스트를 용서하면 다시 다른 일을 더 역동적으로 해서 이런 손해를 역전시키는 재정적인 승리를 만들 수 있다는 자기 각성을 하게 될지도 모른다. 각성의 단계로 진입하려면 용서만큼 좋은 처방도 찾기 힘들다. ★★★

힘 2_좋은 신호

굿 바디 무의식Good body unconscious 세계에 친밀한 시선 보내기는 지대한 영향을 준다. 잠재적으로 분노를 해소한 사람들을 자기 몸에 좋은 신호를 지속하는 것과 같은 위치에 있는 것이다.

친밀한 시선 보내기는 개인에게 좋은 신호를 제공한다.

철학 교수 데리다 씨는 '현존 비판, 구조 비판, 이성 비판'을 말한다.

비판은 이런 여러 형태로 진행된다. 비판은 현대인에게 필요하다. 엉뚱한 허위 정보를 핸드폰으로 하루에도 수차례 보내는 세력을 비판하지 않으면 위험한 상황에 진입할 수도 있다. 비판은 항상 필요하다. 하지만 비난으로 날밤을 세우려는 사람이 있다면 그런 사람은 결코 발전적으로 자아를 만들어 갈 수 없다. 비판을 건전하게 하면 좋은 신호를 보내는 것과 같다. 하지만 상대방의 흠집을 내기 위한 비판만을 지속하면 좋은 신호는 오지 않는다.

★★★비난을 밥먹듯 하면서 증오심으로 날밤을 세우는 소위 '씹기 왕초'는 결코 자기를 빛으로 인도하는 것이 아니다. 어둠으로 자기를 인도하는 사람이다. 심판자적 태도는 결코 비즈니스에서 좋은 열매를 유도하기 힘들다. 검증도 안 된 가설을 세우고, 그것을 검증하기 전에 비난하면서 적개심을 일구는 스타일로는 대국을 보기 어렵다. 비난보다는 건전한 비판을 하라. 하지만 반대를 위한 비판의 지속을 삼가라. '씹기 왕초'로는 자아 업그레이드가 어렵다. 믿는 것이라고 해도 그것이 검증되기 전에는 가설일 뿐이다. 가설의 오류는 무궁 무진하다. 자기만 옳다는 자기의義를 경계하라.★★★

좋은 신호를 원하는가. 그렇다면 용서의 길로 들어서라. 용서의 길은 내적으로 고통을 일시 수반할 수 있다. 그냥 증오로 채워두면 좋겠는데 그 공간에 증오가 아닌 긍정적인 무언가로 채우려니 어색한 느낌마저 들 것이다.

하지만 용서하면 개인적으로 좋은 신호를 받게 될 것이다. 물론 그렇게 마음먹기가 여간 어려운 것이 아니지만 말이다.

좋은 신호는 평화에서 온다. 진정한 평화는 헬기를 상공에 띄우고, 맨홀 뚜껑을 용접하고, 총을 든 거리의 경찰에 의해서 지속되는 것이 아니다. 서로 간의 증오심이 존재하지 않는 그런 심리 구조 아래서 인간들이 서로 공유하는 안정감이다. 진정한 평화는 원자핵으로 지지되는 평화가 아니다. 어떤 나라는 원자핵에 의해서 지지되는 평화를 구축하려 할 것이다. 하지만 이런 평화는 진정한 평화는 아니다. 억제된 증오심을 키우는 거짓 평화를 추구하지는 말라. 진정한 평화는 용서를 통한 화해의 평화다.

인간의 행복에는 고요가 필요하다. 행복이 2%가 부족한 것은 마음의 고요를 회복하지 못한 때문이다.

파도가 없이 잔잔한 상태를 고요라고 한다. 조용히 존재한다. 거기에는 욕망의 갈등이 없다. 남을 짓누르고 더 많이 얻으려는 천박함도, 불필요하게 치장하려는 사치도 존재하지 않는 상태를 고요라고 한다.

고요한 아침을 상상하라. 고요한 아침은 평화다. 세상에서 고요한 아침을 마음속에 지니고 있다면 그 사람은 행복하다. 고요한 아침은 평화로운 상황이기에 그렇다. 용서를 하여 증오의 마음을 모두 없애라. 그러면 고요는 찾아온다.

일상 생활을 통해서 한 개인이 쾌락 추구 욕구와 초자아 통제 사이의 갈등을 조정하기란 쉬운 일이 아니다. 이런 갈등을 조절하지 못해서 생긴 자신의 불안감을 해소시키는 책략으로 방어 기제Defense Mechanism를 설파한 사람은 프로이드다.

그의 말에 따르면, 사람은 방어 기제를 수시로 구사하려 한다고 한다. 하기야 그런 태도는 선천적인 자기 방어 본능일 수도 있다. 하지만 방어 기제를 수시로 활용하는 개인에게는 변화에 대한 적응력이 부족해진다. 분노의 담벼락을 높게 해서 울타리를 만든다. 타인이 들어갈 자리가 없다. 새로운 개념이 진입하기도 힘들다. 오만한 종교인들에게서 이런 모습은 더욱 확실히 찾아볼 수 있다. 분노의 담벼락 안에서의 고요는 진정한 고요가 아니다. 태풍을 감춰둔 것 같은 고요다. 태풍의 눈이 지나가기 직전의 고요 같은 것이다. 이런 거짓 고요는 추구하지 말라.

진정한 고요는 이런 것이 아니다. 용서한 후에 얻게 되는 파워가 고요다. 용서하지 못해서 당하는 개인의 고통은 현대 물질 문명사회, 출세 기계를 양산하려는데 전력을 기울이는 몰가치의 사회에서 더욱 크다. 개인은 자기의 분노로 자기를 핥아낸다. 피멍이 드는데도 이런 행태를 지속한다. 자학이다. 이런 자학의 상태에서 해방돼야 한다. 자기를 분노의 울타리에 가둬두고 고요를 즐기는 것은 전제 권력이 언론를 막아놓고 침묵을 강요하는 것과 같다.

국제선 기내에서 어떤 외국인이 큰소리로 "So Long Korea"를 외치는 것을 본 적이 있다. 하지만 주변은 고요했다. 이 말은 메아리 되어서 멀리 퍼질 뿐이었다. 그때의 적막함이란……. 물론 이런 류의 고요를 말하는 것은 아니다. 마음의 편안함을 이루는 상태를 여기서의 고요라고 할 수 있다. 용서를 하게 되면 이런 평화를 맛볼 수 있다. 요가를 하고, 심호흡을 해서 느껴지는 마음의 상태를 의미하는 것은 아니다. 갈등의 구조를 해체한 후 느끼는 정신적 충만감, 그 자체이다.

★★★조용하라. 잠잠하라. 진실이 드러난다. 진실에 기반한 치유는 용서의 계단을 오르면서 시작한다. 고요의 상태를 향해서 전진하라. 이것이 당신의 정신을 더욱 기름지게 할 것이다. 이런 기름짐을 통해서 행복한 자아, 행복한 가정을 일구어 가라. 이것은 지금의 시점. 일상의 세상에서 필요한 힘이다.★★★

힘 4_ 에너지 재충전

　중국 속담에 〈무도인지단, 무설기지장無道人之短, 無說己之
長〉이란 말이 있다. 남의 단점은 말하지 말고 자기 입으로
자기 장점을 이야기하지 말라는 말이다. 남의 장점을 이야
기하는 것은 용서의 마음이 뒷받침되어야 가능하다. 용서
는 좋은 에너지를 용서하는 사람에게 축적시킨다. 남의 장
점을 말하고 남의 단점을 말하지 않는 것은 좋은 에너지 축
적을 가져온다. 하지만 남을 정죄하는 것은 나쁜 에너지를
만드는 일이다. 이야기 속으로 들어가 보자.

사촌 결혼식을 앞두고, 친척들이 모인 자리다. 그런 대로 자기 직업 분야에서 성공했다는 평을 듣던 기업경영인 K씨는 대뜸 친척인 조카 Y를 보자마자 이런 말을 한다.

"너 이 자식, 쬐그마한 것이 자기 얄팍한 이익만 찾아다닌다."

순간적으로 Y군이 창피를 당한다.

K는 남을 정죄하는 습관을 가진 사람이다. 이런 사람은 다른 사람을 용서하지 못하는 완고한 성품을 지닌 것이다. 이런 정죄하는 태도는 바람직하지 않다. 검증되지도 않은 이야기를 한 것이다.

★★★근거 없이 정죄하지 말라. 차라리 담담한 시선을 보내라. 정죄의 심리에는 자기에게도 그런 태도가 존재한다고 심리 전문가들은 말한다. 정죄를 자주 하는 사람은 자기를 더욱 컨트롤할 필요가 있다. 심리충격 완화장치를 만들라. 자신의 마음에 들지 않는다고 자신의 잣대로 바로 정죄하지 말라. 내부의 가치 판단은 물론 필요하다. 하지만 그것을 글, 말로 표현하는 것은 삼가하라. 정제되게 하라. 증오심으로 보호막을 높게 치고 달리게 되면 자기와 다른 행태를 보이는 일, 사람, 거래처 사람에게 정죄의 잣대를 갖다가 들이댈 수 있다. 하지만 이것은 현명한 태도가 아니다.★★★

남의 단점을 이야기함으로써 자기가 높아지는 것은 아니다. 증오심으로 방벽을 만들어 가면 타인의 흠을 잡아서 정죄하는 습성을 지니게 된다. 남의 문제를 과장해서 비판하면 자기에게 득될 일이 하나도 없다. 상대방에게 증오심의 씨앗만 뿌리게 되는 것이다. 이런 부정적인 언행을 사람들은 좋아하지 않는다. 특히 타인을 용서하는 데는 부정적인 사고방식과 부정적인 언행이 바람직하지 않다. 남을 정죄하는 습관을 고쳐라. 항상 자기는 옳고 남은 잘못이라는 정죄의 습관은 스스로를 병들게 한다. 남을 정죄하려는 사람은 비즈니스에서 성공을 거두기 어렵다. 자기만 잘난 체하는 사람이 될 가능성이 높은 태도다.

행복해지려면 여러분이 자기 내부로부터 친밀한 시선을 타인들에게 수시로 보낼 줄 알아야 한다. 이런 것을 익혀가라.

내부로부터의 친밀한 시선 보내기를 하면 직장에서 가정에서 균형 감각을 회복할 수 있다. 미워하면 비틀어져도, 친밀한 시선 보내기를 하면 균형 감각을 가질 수 있다.

과학과 의학 기술의 발전으로 인하여 갈수록 인간의 평균 수명은 길어진다. 인생을 씨를 뿌리고 열매를 맺혀서 거두어들이는 농작에 비유한다면, 길어진 평균 수명은 그만큼 농경기가 길어진 것과 다름없다. 다모작 사회가 온다. 다모작 사회는 여러 가지 일을 하는 세상이다. 한 사람이 여러 일을 평생 동안 하게 된다. 여러 일을 하는데는 균형 감각이 요구된다.

그럼 길어진 농경기를 어떻게 활용해야 할까. 다모작을 해야 한다. 이제 인생도 다모작 인생으로 가꿔야 한다. 다모작 인생은 그만큼 인생에서 훌륭한 수확물을 여러 번 거둘 수 있기도 하고, 반대로 쭉정이만을 거둘 수 있다는 말이기도 하다. 어떤 선택을 하겠는가.

여러 번 훌륭한 수확물을 얻기 위해선 이미 수확물을 거둔 자리에 새로운 씨를 뿌려야 한다. 또 씨뿌리기를 위해선 밭 깊숙이 뿌리내리고 있던 온갖 잡초들과 넝쿨들을 엎어서 밭을 갈아야 한다. 자신이 새로운 도약을 하기 위해선 과거의 분노를 모두 끄집어내 분쇄해야 한다는 것이다. 자신의 마음속 깊숙이 자리잡고 있던 분노의 넝쿨들을 모두 용서로써 거둬들여야 새 밭이 완성되고, 그래야 훗날 좋은 수확물을 거둘 수 있다. 과학이 발달할수록 균형 감각이 요구된다.

균형 감각은 용서를 함으로써 얻어질 수 있다.

진정한 용서는 개인의 삶에서 균형 감각이 높은 에너지를 만들어낼 수 있다.

용서를 향해서 달려가라. 하지만 용서의 길로 가기 위해서 압박감은 갖지 말라. 압박감을 갖고서 용서의 길로 나아가면 진실을 알기가 어려워질 수도 있다. 진실을 향해서 항해를 하라. 하지만 진실을 경시하고 서둘러 용서하지는 말라. 용서를 하되 절차를 중시하라. 상대방이 용서의 의미를 인지하기까지 기다리지는 말라. 용서는 처음에는 일방적일 수도 있다. 상대방은 지속적으로 증오심을 자기가 잘못한 상태에서 지니고 있어도 이에 상관하지 말라. 용서의 초기에는 대개 상대방이 왜 자기가 용서를 했는지를 이해하지 못할 수도 있다. 하지만 용서하라. 자기의 내부적인 고통을 벗어나기 위한 목적적인 행위가 용서이기 때문이다. 용서를 하지 않고 전진하기를 지속하기는 어렵다.

★★★다모작 인생은 수확물을 얻을 기회가 여러 번 있다. 수확을 여러 번 얻으려면 균형 감각이 요구된다. 타인의 오류를 밝히되, 인간은 용서하라. 용서하면 균형 감각을 가질 수 있다. 계속해서 쭉정이들만 얻을 것인가 아니면 알곡을 얻을 것인가. 알곡을 얻기 위해 필요한 첫 번째 작업은 밭을 깨끗이 경작하는 것이다. 자신의 마음으로부터 분노의 넝쿨과 잡초들을 제거하라. 그것이 다모작 인생에서 성공하는 길이다. 다모작 인생에서 성공하고 싶다면 친밀한 시선 보내기를 습관화하라. 하지만 분별력을 갖고서 하라.★★★

금요일 점심, 산책을 한다.

나무들이 햇볕을 받으면서 미소짓고 있었다.

미소까지 제공하는 햇볕들을 보면서

주는 것이 가치가 크다고.

그리고 주면서 미소를 동시에 보내는

그런 존재가 되자고 생각한다.

하지만 미소 보내기가

그렇게 생각만큼 쉽지 않다는 것을 알았다.

그것은 마음속에 존재하는 용서하지 못한 찌꺼기들이

아직 존재한다는 것을 알았기 때문이다.

행복 지수 향상 기술을 발휘하기로 했다.

아직도 용서하지 못한 구석들, 일들에

용서의 기술을 적용하기로 한다.

시도하고 시도하자 행복 지수 향상 기술로

용서의 기술이 변하는 것을 알게 된다.

행복 지수 향상 기술은 자신을 변화시키기 시작한다.

내적 혁신으로 행복지수 향상 기술은 자아를 새로운 가능성

으로 인도한다.

내 생애 가장 행복한 일주일

제4장
행복 지수 향상 기술 1

용서에도 기술이 필요하다. 용서의 기술을 알아야 행복
지수를 배가시킬 수 있다.

용서의 기술을 제대로 알고 잘 활용하면 당신은 세상에
서 너그러운 사람이 될 수 있다. 화해하고 용서하는 것은 만
리장성을 쌓기보다 어려울지도 모른다. 부정적인 자기 내
면과도 화해하고, 타인과도 화해해라. 일시적으로 절망의
상태에 당신이 있을지라도 용기를 유지하라. 용서하면 다
시 새로운 희망을 만들 수 있다. 용서의 기술은 절망 속에서
도 행복을 만들 파워를 제공한다. 용서의 기술은 팩트를 제
대로 찾아내는 것에서 시작할 수 있다. 이것이 첫 번째 단계
다. 여기서는 족집게처럼 용서할 일과 대상을 확정하라.

용서는 팩트족집게처럼 확정하기 – 감성적 올인 – 지버
리지 명상 – 원망 비우기 – 회귀回歸 금지 – 기록의 계단–
대안 받아들이기 –역사에 맡기기의 순으로 이뤄지는 것이
좋다.

팩트Fact를 확정하라. 무엇을 자기가 용서할 것인가를 족집게처럼 정하라. 용서해야 할 일, 대상을 정확히 남김 없이 확정하라. 그리고 그 용서할 일에 내재된 컨텐츠를 해석하라. 진실의 해석은 여러 번 반복해도 좋다. 무엇이 진실인가를 보라.

기업에서 일이다. 팩트다.

C이사에겐 보고해야 할 안건이 있다. 대표이사한테 해야 하는 이 보고는 오후에 해도 된다. 하지만 재정 담당 이사가

제동을 걸지도 모른다는 생각이 든다. 이때 재정 담당 박 이사는 싱가포르로 출장을 갔기 때문에 오후나 되서야 귀국하리라는 정보를 입수한다. C이사는 이때다 싶어서 일찌감치 오전에 보고서를 올린다. 이 경우 C이사의 행위에 대하여 당신은 어떻게 생각하는가. 프로젝트는 지금 시행돼도 수익률 유지 확보에 특별히 문제가 있는 것은 아니다. 하지만 박 이사의 잔소리가 듣기 귀찮아서, 이를 무시하고 C이사는 자기 업적을 올리기 위해서 신속히 대표 이사의 결재를 받는다. 재무 담당 박 이사의 제동을 보고 있을 수 없다는 심리가 내재되어 있다.

이 문제를 해석하라. C이사가 받은 결재는 물론 급한 프로젝트는 물론 아니다. 자기 회사가 지금 시장에 진입, 선점 효과를 누릴 수 있는 계제도 아니다. 그렇다면 당신은 이 문제를 어떻게 바라볼 것인가. 박 이사의 입장에서 이런 C이사의 태도를 용서할 수 있는가?

자신의 욕망 때문에 속죄양을 만들지 말라. 물론 C이사의 행위가 바르다는 말인가. 물론 아니다. 재정 담당 박 이사의 부서를 할 기회조차 안 준 만큼의 잘못은 존재한다. 하지만 박 이사가 그렇게 큰 잘못을 한 것은 아니다. 회사 비즈니스 이익에 손해를 준 것도 아니다.

C이사의 행위는 잘못이다. 하지만 무조건 용서할 수 있는 것은 아니다. 급한 결재가 필요한 일은 아니라는 것을 먼저 밝혀야 한다. 팩트 확인 이용서의 첫 번째 기술이다

족집게clarifier처럼 용서할 대상과 일들을 확정하라.

맥을 집는다. 용서할 내용을 족집게 짚듯이 집는다. 용서의 이유, 대상을 족집게로 집어내듯 집는다. 상대방에게 전한다.

"아이큐가 낮은 놈들만 모였군 그래, 실적이 이 정도밖에 안 돼?"

회사에서 이런 지적을 들었다면 기분이 어떻겠는가. 마음의 분노를 경험하게 될 것이다.

고교 2학년인 정 모 군은 "그래 이걸 점수라고 받아 오냐"라는 부모님의 꾸지람에 분노한다. 분노는 한 마디의 말

로 유발되는 경우가 많다. 분노를 인내하라. 그래야 직장에서, 세상에서 성공한다. 먼저 다른 사람의 분노를 자아낼 말을 해서는 안 된다. 자기가 남으로부터 친인척으로부터 모욕을 당해도, 직장의 상사로부터 모욕을 당해도 참아내야 한다. 참아내지 못하고 맞대응을 하지 말라. 감정이 섞이게 된다면 똑같은 사람이 되는 것이다.

이런 분노를 용서하라. 당신이 그 사람보다 더 인격적으로 성숙한 존재가 되려면 무조건 그 자리에서 인내하라. 이런 습관을 가지라. 당신은 새로운 인격적 지평을 만들 수 있을 것이다. 동시에 당신이 주변 사람들에게 모욕을 주는 언행을 한 과거가 없는가를 되돌아 보라. 반성하라. 한 가지 한 가지 반성하라. 용서를 구하라. 이런 정서가 자기 내부에도 있었다는 점을 인정하라. 앞으로 자기는 상사가 되어도 그런 언행을 하지 않겠다고 결심하라. 부모가 되어도, 그런 언행을 절대 안 하겠다고 스스로 다짐하라. 분노할 언행을 하는 것은 참으로 상대에게 고통을 주는 것이다.

앞서 말한
"아이큐가 낮은 놈들만 모였군."

이런 모욕적 언사에 대하여 어떻게 용서할 것인가.

일단은 하루를 지나라. 감정이 가라앉으면 이메일을 보내라.

"어제 그 말씀 아이큐에 관한 언급을 듣고 쇼크를 받았습니다만. 팀장님의 평소 인품으로 보아 아이큐 말씀은 진심이 아닌 것으로 알겠습니다."

이렇게 이메일을 보내라. 아이큐 발언을 족집게처럼 적시하라. 하지만 거기서 그쳐라. 차후 예방책에만 그쳐라. 용서해야 더 행복해진다.

★★★적절하게 표시하라. 용서의 대상이 된 일을 구체적으로 말하라. 상대방에게 족집게처럼 드러내라. 족집게처럼 드러내지 않으면 상대가 다시 그런 모욕을 줄 수 있다.★★★

운을 미리 띄우는 기법이다. 시그널Signal 기술이다. 미리 용서할 의향을 간접적이든 직접적인 방식으로든 밝힌다. 정의를 추구하라. 이 단계를 거쳐서 치유에 치중하라. 치유의 단계를 거쳐라. 다음으로 용서의 단계에 진입하라. 하지만 꼭 순서를 지킬 필요는 없다. 동시에 세 가지를 진행할 수도 있다. 용서의 단계에서는 매너리즘을 탈피하라. 하지만 어떤 경우에도 용서를 향한 시그널을 밝혀라. 용서한다는 신호를 보내라. 상대방이 용서를 받아들일 준비를 하게 될 것이다. 이런 과정으로 진정한 용서의 본질로 진격하라.

이란에서 공사를 하던 중에 있었던 일이다. 1980년대 사막 지대를 이동한다. 수통에 물이 가득 차 있지 못하다. 한 모금 남았다. 갈증이 난다. 하지만 참는 데까진 참아야 한다. 태양은 작열한다. 부장과 이사는 사막을 지나고 있다. "물 한 모금 다오" "안 됩니다" 언쟁이 붙는다. 둘은 결국 한 모금의 물을 남긴 채 본부가 있는 곳으로 귀환에 성공한다. 부장은 만일의 경우를 위해서 물을 아낀 것이다. 하지만 이사는 이놈이 나에게 이럴 수는 없다고 분노한다. 이사의 분노는 깊어만 간다.

당신은 이 상황에서, 특히 당신이 이사라면 부장을 용서하겠는가? 상황이 종료되었으니까, 그냥 용서한다? 아니다. 당신의 방법은 효율적인 여건을 만들지 못하고 있다. 부장의 자기 고백을 이끌어 내지 못하고 있다. 부장은 속으로 그런 생각을 하고 있는지도 모른다.

'이사가 속이 좁다. 서로 만약의 상황을 위해서 한 모금 아낀 것인데, 나 혼자를 위해서 아낀 것은 아닌데.'

효율적인 용서의 기술은 무엇인가? 시그널을 보내라는 것이다. 정책을 입안하는 사람이 정책의 국민 여론을 미리 파악하기 위해서 시그널로 정책이 일부 국민들에게 알려지도록 시그널 신호를 보내는 기법이다. 용서의 의향이 실린 시그널을 보내라. 용서의 의향을 통해서 상대의 속마음을 누그러뜨릴 수 있으면 더욱 좋다. 이사는 억울하게 생각해서 스스로 분노하는 측면이 있지만 상사다운 태도가 요구된다.

"이제야 당신의 깊은 뜻을 누구를 통해서 전해 들었네."

이사가 이런 운을 띄우는 편이 좋다.

부장이 이 운을 듣고 긍정적 신호를 보낼 것이다.

"용서합니다. 부장, 당신의 깊은 뜻을 알게 되었습니다."

를 보내게 되는 이사는 행복한 일주일을 자기 생애 속에서 만들어 갈 수 있을 것이다.

★★★친밀한 시선 보내기의 시그널은 적기에 보내야 한다. 타이밍이 중요하다. 대범하라. 섭섭하고 분노한 추억의 감정은 싣지 말라. 깊은 뜻을 이제야 알게 된 것을 말하라. 용서를 통해서 비즈니스 상대방과의 화해의 방향으로 가야 한다. 용서는 진실만을 위해서 항해하지 않는다는 점을 깊이 인식하라. 화해와 진실 둘을 지향해서 용서가 행해져야 한다. 포지티브한 결단이 용서다. 부정적으로만 바라봐서는 용서의 효율성이 작아진다. ★★★.

두 번째 단계_ 감성적 올인

다른 사람의 잘못을 용서하는 데 감성적인 올인을 하라. 용서하려면 감성적인 올인을 한다는 생각으로 하라. 부분적으로 하지 말라. 부분적인 용서는 진정한 용서를 하는 것이 아니다. 자기의 내면의 감성에다가 상대를, 그 일을 용서하는 메시지를 전력을 다해서 스스로에게 다짐하라.

감성의 바닥에까지 전력을 다한다는 말이 감성적 올인이다. 감성적 올인을 해야 행복해질 수 있다.

감성적 올인형으로 용서하라. 용서를 하되 올인형으로

하라. 모든 것을 용서하라. 하지만 용서의 대상이 된 일은 기억해 두라. 다시 그런 문제가 생기지 않도록 스스로 유의하라. 용서를 하면서 조건을 달지는 말라.

"바람과 함께 사라지다"의 여주인공을 기억한다. 영화 속의 여주인공은 얼마나 열정적으로 생활하는가. 바로 그 것이다. "바람과 함께 사라지다"의 여주인공처럼 열정적인 태도로 세상을 지내고 싶다. 하지만 분노가 축적되면 그렇게 하기 어렵다. 세상이 발목을 잡는 것 같은 분위기에서 생활한다. 이익을 탐하는 비즈니스 세계에서는 더욱 대립이 첨예하다.

이런 세파 속에서 어떻게 용서하면서 자기를 발전시킬 것인가. 올인하라. 집중해서 용서하라. 다른 대상의 잘못을 용서한 후 새 힘을 얻기 위해서는 더욱 그러하다. 더욱더 강해지는 길은 감성적 올인형으로 용서하는 것이다. 용서하려는 정서를 마음에 스스로 확산시켜서 용서하는 것이 〈감성적 올인형〉 용서 기술이다.

★★★자기에게 도움이 되는 것이 용서다. 남에게도 도움이 되는 것은 물론이다. 하지만 용서는 용서를 하는 사람이 가장 이익을 크게 남긴다.★★★

세 번째 단계_지버리지 명상

세상 속에서 여러분의 용서의 세 번째 단계는 지버리지 기술로 하라. 생각나는 말을 15분간 하면서 집중하라.

생각나는 말을 15분간 하면서 명상하는 수련법을 지버리지Gibberish 명상법이라고 한다. 이런 방법으로 용서를 시도하라. 명상을 깊이 하면 자기가 증오하는 일의 컨텐츠를 알게 된다. 지버리지 명상법을 적용하면 당신의 마음엔 용서하려는 마음이 더욱 확장될 수 있다.

"그 길로 가고 싶었는데 그 자가 막았지……" 하면서 과거의 분노가 스치면 처음에는 그것을 말로 표현하라. 혼자서 앉아 남이 안 듣게 표현하라. 그리고 하고 싶은 말을 혼자 하라. 15분 이상 해보라. 할 말이 소진되는 시간까지 해보라. 이렇게 하면 명상에 접어들 수 있는 타이밍이 온다. 그때 바로 그 분노를 표시한 일을 스스로 용서하라. 명상을 통해서 분노를 해소하라. 매일 하루 중 15분간을 투자하라. 심호흡을 하면서 마음의 상처 입은 내용을 숙고하라. 자세를 바르게 하고 자신의 의자에 앉아서 지버리지 명상법을 구사할 수 있다.

마나살로바 호수에 가면 티베트인들은 절을 한다. 높은 지대에 위치한 이 호수를 티베트 사람들은 신비감을 갖고서 바라본다. 맑은 물 한 모금을 위해서 티베트인들은 순례를 하기도 한다. 10여 일을 가면 이 호숫가에 이르는 사람들도 있다. 티베트는 중국의 지배를 받으면서 고통을 겪는다. 가치 지향적으로 보면 아픈 역사를 치유할 그 무슨 대안이 필요한 민족이다. 이곳 사람들은 걷기를 즐긴다. 불교가 번창한 나라다. 티베트는 이전의 아픔을 용서하기 위해서

도를 닦는 사람들이 많다.

　티베트의 자유로운 분위기를 좋아하는 사람들이 늘고 있다. 하지만 티베트인들에게 중국의 지배로부터 받은 고통은 그렇게 만만한 것은 아니었다. 힌두교도들은 이곳에 와서 몸을 씻기 위해서 순례의 길을 간다. 언제나 깨끗한 마음을 갖기 위해서 인접 국가로부터 순례는 지속된다. 이곳 호수에서 몸을 씻으면서 지난 과거의 아픔을 준 사람과 대상을 용서하려 한다.

　깨달음을 중시하는 이들은 '가치 지향적으로 용서하기'를 지향한다. 티베트인들은 순박하다. 음식을 등에 지고 걷는다. 천막을 치고서 밤을 세운다. 이런 상황을 위해서 천막을 가지런히 개서 짐에 같이 준비한다. 가치를 지향하려고 이들은 호수에 몸을 담근다. 언제나 깨끗한 마음을 지닌 존재가 되기 위한 용서의 기술을 활용한다. 그것을 통해 그들은 내면의 행복 만들기를 해간다.

★★★자기 마음속의 자라나는 교만을 해소하기 위해 수양을 하라. 정결한 마음을 갖기 위한 명상을 지속하라. 여러분이 품고 있는 새로 생기는 분노를 버려라. 용서를 하면 자기에게 더 높은 차원의 미래가 열림을 연상하라.★★★

토요일,

들판에는 코스모스가 피어나고 있었다.

아직도 몸이 무거운 구석이 존재하고 있음을 인식한다.

그래서 자아를 들여다본다.

인생에서 가슴에 존재하는 원망 바구니를 발견한다.

그것이다.

원망 바구니를 비우자.

그러면 몸이 한결 산뜻해질 것이다.

원망 비우기를 시작하자.

주말의 원망 비우기는

한차원 더 다른 세계로 인도하기 시작했다.

색다른 경험이었다.

제5장

행복 지수 향상 기술 2

네 번째 단계_ 원망 비우기

원망 비우기를 하라. 원망을 비우는 것이 분노를 비우는 일이다. "그 사람 때문에 일이 잘 안 풀린 것이야……" 이런 원망을 마음에서 비우라. 이런 분노를 비우는 일이 용서다. 자기 내면과의 치열한 투쟁을 통해서 용서는 이루어진다. 자아의 내면에 적개심을 비우는 일이다. 적개심을 비우고 무엇으로 세상과 맞설까를 고민하지 말라. 자기의 내면에 적개심을 두면 부패한다. 적개심은 자아를 훼손한다. 자아 비우기를 하라. 수양을 통해서 하라. 기도의 방법도 좋다. 요가의 명상의 방법도 좋

다. 며칠 동안 말을 안하고 수도하는 묵언의 방법, 피정의
방법도 좋다. 자기 내부의 적개심의 흔적을 버리는 일이다.

"집에 안 가십니까. 김장철인데 여성이 김치 담가야 하는
것 아닙니까?"

직장에서 오후 5시경에 이런 사소한 상사의 남녀 차별적
언행을 접하고 분노하는 여직원 G씨.

"그래 평소에 그 과장, 말이 많고 남녀 차별이 심하다고
소문난 존재잖아."

이렇게 하면 자기에게 도움이 안 될지도 모른다.

물론 이런 말을 과장이 잘못한 것이다. 조금이라도 남녀
차별적인 언행을 직장에서 해서는 안 된다. 그렇다고 여직
원이 이런 말에 분노를 지속할 필요는 없다.

자아 속의 분노 비우기를 하라. 자아 속의 분노 비우기는
자기의 불필요한 언행을 억제해 준다. 비즈니스 연관의 일
이 아닌 김장에 대한 언급을 과장이 할 필요가 없다. 하지만
과장은 그런 언급을 하고 있다.

'도르제 모즙'이라는 티베트인은 자기 집착을 버리는 의식을 행한다.

자아 비우기를 하는 것이다. 세 걸음을 걷고 자기 몸의 오체를 산에 대고 절을 한다. 이런 수련을 통해서 자기의 세상에서의 일등에 용서를 빈다. 땅에 몸을 대고 절을 한다. 자아를 비우기 위해서 이런 고행을 한다. 순례자들은 성산이라고 정한 산을 순례한다. 순례를 통해서 자아 속의 분노 비우기를 하는 것이다. 이런 자아 비우기는 10일 동안 산 주변을 돌면서 지속된다. 도르제 모즙은 이런 고행을 통해서 행복 만들기를 하는 중이다. 행복은 자기 혁신을 통해서 오기도 한다.

★★★"일생 동안 짓밟아온 생명체에 대한 용서와 자기 반성을 위해서 오체로 땅에 엎드려 절하는 그런 의식을 한다"고 '둡제'라는 티베트인은 말한다. "우리 자신을 보자. 우리가 그 동안에 마음의 상처를 준 타인은 얼마나 많은가를 기억해 보자."★★★

다섯 번째 단계_회귀回歸 금지

 행복지수 2%가 부족하다고 느껴지면 무엇을 해야 하나 요. 행복컨테이너 박스에 진입하여 용서를 하고 나서 완전 한 용서가 스스로 진행되었나를 체크하라.

 용서 후에 불용서로 자기를 회귀시키는 감정의 흔적이 남지 않도록 유의하라. 이 점을 생각해서 용서를 완전하게 하라. 이런 완전성 추구는 진정한 용서를 위해서 반드시 필 요하다. 용서 이전의 심리 상태로 되돌아가고 싶은 회귀回 歸하려는 심리를 철저히 차단해가야 한다. 이 점을 생각해 서 자기 연마를 해야 한다. 자아의 연마는 용서를 행하려는 사람의 각고의 노력이 필요하다.

"거래처와 계약서를 잘못 기술해서 손해본 것을 용서합니다. 다시는 서로 그런 일이 없도록 노력합시다. 두 번 다시 이 문제를 언급하고 싶지 않습니다. 이제 언급 안 하고자 합니다. 완전히 용서합니다."

직장에서 부하 직원에게 하는 이런 표현은 적절한가. 그렇다. 충족적 용서를 담고 있다. 하지만 다시 감정을 과거로 되돌려서는 안 된다.

이런 유형의 용서를 해야 하는 경우는 비즈니스에서 자주 있는 일은 아니다. 여기서 '완전히 용서합니다'란 표현을 통해서 회사가 그 문제를 충족적으로 용서함을 밝히고 있다. 이런 언급은 구성 요건 충족적인 용서이다. 구성 요건 충족적 용서는 언행 표현의 주체가 그 조직의 대표일 것, 용서를 하되 용서의 대상이 된 건을 명시할 것, 완전히 용서해서 다시 그 문제의 언급이 없는 상황을 만드는 것을 말한다.

용서한 것 같았는데 다시 문제를 삼는 식의 용서는 구성 요건 불충족적 용서다. 완전한 용서가 아니다.

구성 요건 충족적 용서를 지향하라. 자기 마음에 흡족한 용서를 지향하라. 자기 내부에 흡족한 용서를 지향하지 않으면 불만이 쌓일 수밖에 없다. 충족적 용서를 '자기의 마음에 흡족한 상태의 용서'라고 정의할 수 있다. 자기 충족적 용서를 하려면 자아를 제대로 들여다봐야 한다.

충족적인 용서를 하라. 충족적인 용서를 통해서 사람의 성품은 성숙된다. 충족적 용서 테크닉을 구사하라. 이것을 위해서는 자기 마음의 상황을 체크하라. 달라이 라마가 평화를 외치는 것은 자기 충족적인 수양을 통한 용서 정신에 기초하는 가르침이다.

지난 세월 속에서 용서한 것을 기억하기 바란다

용서는 하되 기억은 하라. 미래를 경계하기 위함이다. 히틀러의 역사적 과오를 용서하려는 것은 쉽지 않다. 하지만 무슨 일을 용서하려면 용서는 하되 기억을 하라는 단계가 필요하다.

1950년대 한국 농촌에서 심한 빈곤을 피해서 도시로 온 젊은이가 자기 고향에서의 가난을 용서할 수 없다고 생각한다.

서자로 태어난 후 자기를 돌보지 않은 아버지를 용서할 수 없다. 학교성적으로 반 아이들을 차별하는 스승을 용서할 수 없다. 하지만 용서해야 한다는 생각을 한다. 하지만 다시 왜 내가 용서하는가. 용서를 빌어야 할 상대는 오히려 가만히 있는데 하면서 분노의 그림자를 지속적으로 보유하고자 한다. 그래서 다시 용서 이전으로 되돌아가려는 심리를 토로하는 사람들을 수없이 봐왔다. 이런 사람들은 용서 후유증에 시달린다. 고통의 시간을 다시 체험하는 것이다.

이런 상황을 극복하고 완전한 화해의 길로 행복 만들기를 향한 진입을 하는 경우가 있다. 하지만 어떤 사람들은 용서 이전으로 돌아가서 분노의 성을 이전보다 더 견고히 쌓고 부정적인 생활을 원점으로 되돌리는 경우도 있다. 용서 한 후 절실히 요구되는 기술은 바로 '용서 후유증'을 확고히 막아내는 기술이다. 이를 위헤서는 기억이 필요하다.

어느 날 A기업의 IR 담당이사가 발표를 한다.

"우리 회사는 지금 모바일에 인간의 생각을 연결하는 기술을 개발중이다."

그러자 경쟁회사인 B기업의 기술이사가 기술 세미나 공

개석상에서 "지난번 A기업의 IR 담당이사의 발표는 어처구니없는 망언이다. 그런 기술은 지금 단계에서 개발이 불가능한 일이다."라고 맞대응한다.

당신이 만약 A기업의 IR 담당이사라면 B기업의 기술이사를 용서하겠는가?

비합리적인 습관Irrational Habbit을 발견하면 바로 수정하라. 그렇게 하면 표현의 과잉을, 부족함을 컨트롤할 역량이 생긴다. 인간은 기본적으로 자율적인 존재이다. 그러면서 인간은 스스로를 통제할 수 있는 존재다.

합리성을 생활 속에서 추구하도록 하라. 적절한 표현 구사는 이뤄질 수 있다. 회사와 회사 간의 이런 분쟁을 통해서 서로 간에 분노가 중첩될 수 있다. 분노의 저축은 서로의 회사를 위해서 바람직하지 않다. 여기서 감정의 표현이 여과 없이 두 회사의 이사들에 의해서 수차례 진행된다면 서로 간의 회사 신뢰성에 먹칠을 할 수 있다. 이 점을 유의하라. 이 경우에는 서로간에 이런 점을 감안해서 언쟁을 멈춰라. 바로 용서의 단계로 진입해야 한다. 충동 표현을 컨트롤해야 한다.

★★★ 충동 표현 컨트롤impulse Control을 하라. 이는 마음 컨트롤에서 가능하다. 마음 수양은 매일 일터에서 하라. 마인드 순화는 매시간 가정에서 일터에서 생활 속에서 하라. 세상에 자기가 하고 싶은 이야기를 다하고 사는 사람은 1%도 안 된다. 표현의 충동을 컨트롤하라. 이를 통해서 마음을 순화하라. 마음 순화를 지속해야 용서라는 나무를 제대로 키워낼 수 있다.★★★

지나친 질투심은 상대를 업신여기는 마음이고, 상대를 이겨야 하는 대상으로 생각하는 마음이다. 이런 마음을 버리면서 생활하려면 항상 용서를 하되 용서한 것을 기억을 하여야 한다.

이런 사람이 되면 회사에서 비즈니스를 거래선과 오랫동안 유지하기 힘들다. 상대를 이겨내야 할 대상으로만 생각하는 사람은 자신을 타인 앞에서 오만덩어리로 비치게 한다. 따라서 자신의 지지자를 얻기가 어려워진다.

내면 갈등에 마침표를 찍는 것이 용서다. 종교 간에도, 이념 간에도, 갈등에 종지부를 찍어야 한다.

미국에서 명문 대학 축구팀끼리 시합을 한다. 정기전이다. D, H 대학 간의 시합이다. 하지만 1:1로 비기는 상태에서 상대방 선수가 반칙을 한다. 상대 선수와 페널티 킥 지역에서 상대의 결정적 찬스에서 크게 몸을 부딪친다. 심판은 후반 경기 1분을 남기고, D대학 팀에게 상당히 유리한 페널티 킥을 선언한다. 그러자 H팀 선수들이 반칙이 아니라고 항의한다. 심판은 미동도 안 한다. H팀은 아예 경기장에 드러눕는다.

이 경우 당신이라면 어떻게 하겠는가? 당신은 H팀의 체육 부장이다. 심판을 용서하겠는가. 아니면 적개심을 간직한 채로 선수를 불러들여 그냥 그렇게 정기전이 종료되게 하겠는가. 선택은 당신의 마음에 달려 있다.

진정한 용서는 승부를 더 중요시하지 않는다. 물론 경기에서 승부란 가치있는 것이고, 경기에서는 승부를 위해서 최선을 다해야 한다. 하지만 만약 여기서 상대팀의 페널티킥을 차도록 허용하지 않는다면 당신은 좋은 체육 부장이 아니다. 여기서 심판의 부당한 판정에 항의하면서 경기를 멈추게 선수들을 불러들인다면 당신은 지혜롭지 못하다.

가장 나쁜 것은 젊은 선수들에게 '지나친 질투심'을 심어준 것이 될 것이다. 이는 개인의 심성에 안 좋은 영향을 준다. 그들은 사회에 진출해서도 지나친 질투심으로 일을 해결하려 들 것이다. 심판에 순종하는 길로 가는 것이 현명하다. 그 이유는 심판의 말을 지켜야 한다는 스포츠의 규칙 때문이다. 경기에서는 심판의 정당한 권위가 있다. 이것을 체육 부장은 먼저 준수할 교육적 가치가 있는 것이다.

★★★지나친 질투심을 키우지 말라. 상대의 잘못에 대하여 용서하거나, 이를 이해하려는 마음이 부족한 사람은 마음에 질투심을 키우고 있는 경우가 많다. 내면 갈등은 상당 부분 적개심의 저축에서 잉태한다. 부부 관계에서도 서로 이기려고 하면 다툼이 있다. 질투심의 씨앗은 평화를 가져오기 어렵게 한다. 마음의 평화를 원하면 질투심을 심지 말라. 자기 내부의 질투심을 해소하라.★★★

오노 선수를 기억하는 한국인이 많다. 쇼트트랙 경기에서 한국의 김동성 선수에게 의도적으로 보이는 반칙을 범해 김동성 선수의 메달을 가로챘던 선수다. 이후 한국인들은 이 반칙에 대하여 심한 마음의 고통을 당한다.

이런 오노 선수를 한국인들이 용서할 수 있을까?

오노를 용서할지라도 그 반칙의 부당성에 대한 기억을 기억해야 한다. 그가 얼마 전에 한국을 방문했다. 우리는 그를 용서해야겠지만, 그의 반칙에는 동의하지 않아야 한다.

우리 민족은 정은 많지만 용서에 대한 훈련을 제대로 받을 기회가 적은 민족이다. 지금도 우리 청소년들은 상대방보다 더 높은 시험 점수를 올려서 일류 대학에 진학하라는 교육은 끊임없이 받지만, 친구의 잘못, 부모로부터 입게 되는 마음의 상처, 선생님이나 동료로부터 받는 상처를 용서하고 치유하는 훈련에 대해서는 기초적인 방법조차도 교육받지 못하는 경우가 많다. 우리의 아픈 현실이다.

수많은 외부의 침략, 당나라의 침략, 거란의 침입, 몽고의 침략, 일본의 침략, 6. 25 동족 상잔을 거치면서 〈생존, 빈곤 탈출, 자기 세우기에 바빠서〉 용서의 미덕을 배울 틈이 없었는지도 모른다. 하지만 그것은 다 변명이다. 용서를 배우거나, 가르치지 못한 것은 한국 사회의 직무 유기다. 흑백 논리가 판을 친다. 용서하자고 하는 말을 하기가 어려운 환경이 사회 곳곳에 있다. 이것을 치유하지 못해서 집단이기주의로 진행하고 있다.

명성왕후를 대원군이 용서하였다면, 이 나라 정세가 어떻게 돌아갔다고 생각하는가?

130센티미터의 척화비를 세운 것은 신미양요를 1871년에 거치고 나서다. 대원군은 문을 꼭꼭 걸어 잠근다. 한국은 일본의 침략 속으로 말려 들어간다. 며느리와 시아비의 싸움은 용서하는 법이 없다. 갈등은 당시 조선의 왕정을 두 세력으로 나뉘어 대립하게 한다. 서로 증오하게 된다. 다툼은 지속되고 국권은 일본으로 36년간 넘어간다. 1910년 국치일을 계기로 외교권 등이 일본에 넘어간다. 양 진영이 서로 용서의 미덕을 갖고서 외세에 맞서서 국가경쟁력을 강화했어도 그런 국치는 없었을 것을.

당신이 역사 학자라면 대원군과 명성왕후 중 누가 더 과오가 크다고 보는가. 둘 다 용서할 대상인가. 아니면 용서하지 않고 있는가?

남미의 한 외교관의 행태를 누군가가 자국 공공 홈페이지에 올린 글을 보면 "출장지에 자기 딸을 데리고 공금으로 여행을 즐긴다. 개인돈으로 그랬다면 이해가 간다. 통상전문 외교관 J씨가 대사 신분으로 그랬다. 미화 3만 불이 이렇게 낭비된다."

당신이 이 나라의 외교부 장관이라면 이런 문제를 어떻게 다룰 것인가?

이 외교관은 공과 개인을 구분 못하는 상황으로 한때 진입해서 이런 어처구니없는 처신을 한 것이다. J대사는 공금 횡령의 법적인 책임을 져야 한다. 하지만 그렇다고 모든 문제가 해결된 것은 아니다. 심정적으로 외교부 장관은 이 대사를 용서해야 하는가이다. 외교부 장관이 비난을 받게 된다. 일이 있기 전에는 유능하다는 평가를 받던 외교부 장관이다.

위의 이야기 속에서 대사 J씨, 흥선대원군, 명성왕후의 오류를 우리는 기억해야 한다. 어떤 방식으로 용서를 했던지간에 기억을 해야 한다. 그들의 일하는 방식에 결코 동의할 수는 없다. 이 시대의 역사를 공부하면서 우리가 일본의 과오를 용서를 하되 기억은 해둬야 한다.

　용서를 한 후 이를 기억하기 위해서 스스로 기록하라. 왜 용서를 했는지, 언제 용서를 했는지를 기록하되 자기만의 노트에 기록하라. 그런 기록을 보라. 수시로 보면서 기억하라. 기억을 하되 기록은 하라.

　억압적인 상징을 만든 것은 권력일 수 있다. 전제 권력을 지향할수록 상징 조작은 심하다. 이런 상징 조작이 심한 사회는 기본적으로 제도화된 불관용Institutionalized Intolerance이 지배한다.

　제도화된 불관용의 사회는 이데올로기의 대립을 첨예하게 다룬다. 1970년대 한국의 유신 정부는 제도화된 불관용의 사회를 구축한다. 헌법 개정의 문제를 제기만 해도 처벌했다. 관용이 통하지 않는다. 이런 정치 상황은 제도화된 불관용의 사회 분위기를 만든다. 용서하는 법이 없는 권력의 휘두름은 한국 사회를 가위눌림으로 몰고 간다.

　이런 사회는 성공적으로 국민을 만들기는 어렵다.

빵을 선반 위에 올려 둔다. 빵 멀리에는 앉는 의자를 둔다. 강아지가 바로 올라가서 먹기 어려운 높이의 선반에 놓인 빵을 집기까지 강아지는 자연스럽게 의자를 밀고 간다. 수차례 의자를 밀고 선반 앞으로 다가가다가 결국 의자를 딛고 올라선다. 입으로 빵을 입으로 문다. 선반 위의 빵은 이렇게 집혀진다. 이런 기법을 〈통찰 기법〉이라고 한다. 자연히 하다 보니 알게 되어서 계속 의자를 밀고 나아가 선반 위의 빵을 무는 것, 그것이 '통찰 기법'이다.

용서를 하려면 이런 통찰 기법을 활용하라. 분노를 축적하는 것보다 용서하는 것이 자신의 인생에 현명하게 작용한다는 원리를 깨닫게 하라. 자기에게 우선 알게 하라. 시골에서 무슨 동네 일을 보다가 억울함을 당하고 이를 용서하지 못하고 화병이 난 사람들을 여럿 보아왔다. 이런 것은 통찰을 통해서 우리가 알게 된 것이다. 통찰을 통해서 불관용의 적폐를 제대로 인식하라. 그러면 당신은 용서를 향해서 적극적으로 전진을 지속하려는 마음을 갖게 될 것이다.

★★★다원적인 민주주의 사회는 획일화를 지향하지는 않는다. 헌법 개정 문제는 국민의 가장 기본적인 권리인데도 이를 언급하지 못하게 하는 제도적 불관용의 시스템은 전제적인 권력의 횡포다. 용서는 통찰기법을 통해서 행해질 수 있다. 사람들이 주변에서 서로 용서하면서 화해를 만든 후에 갖게 되는 마음의 평화를 보면서 터득될 수 있다.★★★

일곱 번째 단계_ 대안 받아들이기

　용서를 한 일, 그 상대방으로부터 받은 대안을 정중히 받아들이라. 대안을 받아들이므로써 용서의 공간을 메우라. 대안적인 모색은 당신을 보다 희망적으로 만들어 줄 것이다.

　대안은 상대방이 제시한 것이다. 하지만 용서한 후 우울해지지 않도록 해야 한다. 세상속에서는 "용서 했더니 할 일이 없는 것 같아서 우울해 지더라……"를 토로하는 사람들이 의외로 많다. 이렇게 되면 완전한 용서와는 거리가 먼 용서가 될 수 있다. 이런 용서를 진정한 용서라고 하기는 어

렵다. 용서를 제대로 하기 위해서는 상대의 잘못에 대한 새로운 대안을 받아들이는 것도 좋다

새로운 대안을 받아들이기란 무엇인가? 이 케이스를 보면 알게 될 것이다.

유명한 가수가 호텔에서 봄맞이 디너쇼를 한다. 그런데 일정에 차질이 생기면서 그 날 가수가 출연하지 않았다. 출연료가 제대로 지불되지 않는 모양이다. 참석한 700명의 사람들이 분노한다. 디너쇼 주최측이 대안으로 제시한 값나가는 저녁 식사를 먹게 한다. 당신이 이 현장에 있었다면 어떻게 분노를 다스릴 것인가. 주최측이 제시한 대안을 받아들이고 용서하라. 이 경우 분노를 참기 어렵다. 하지만 이런 경우에도 용서하라. 안 잊혀지면 반복해서 말하라

"그 가수가 안 온 것을 용서한다. 그녀도 그런 상황이었으니 안 온 것이리라. 용서한다."

억압적 관용의 태도는 그러나 결코 구사하지 말라. 자연히 자기의 스트레스 목록에서 아웃되는 시간까지 반복하라.

'지나버린 일, 용서하자. 가수도 이유가 있었을 거야. 기획사 잘못이 더 크다. 하지만 지나버린 일 용서하자.'

이렇게 반복해서 말하라.

억압적인 관용은 바람직하지 않다. 억압적인 관용 Repressive Tolerance은 전제권력시대에 파생한다. 제도적 폭력을 불가피한 것으로 인식하여 인내하는 것을 말한다. 억압적 관용의 태도는 인권 국가에서는 절대 양립하기 힘들다. 그 실체는 한 사람의 전제권력자를 위한 에고를 위한 것인데도 용인된다. 이런 억압 권력은 다시는 현대 국가에서 등장하지 말아야 한다. 이런 억압적인 관용을 용인하는 것을 예방하기 위해서는 반복해서 인권의 침해 문제를 이슈화해야 한다. 이런 과정을 통해서 인권 보호가 제대로 한 국가에서 보존되도록 할 가치가 있다.

반복해서 인권 보호를 이슈화하면 권력의 전횡은 예방될 수 있다.

반복 논법인 셈이다. 용서는 한 번으로 바로 이루어지는 일은 아니다. 반복해서 용서를 외쳐야 한다. 다짐 같은 것이다. 용서를 반복하라. 용서할 사람의 이름을 말하고 그들 한 사람 한 사람을 이런 문제에 대하여 용서했다고 외쳐라. 반복하라. 반복해서 용서한 것을 말하라. 기억하라. 그래야 완

벽한 모습으로 용서가 만들어진다.

　나폴레옹이 19세기 초에 국민국가를 만들기 위한 이상으로 유럽을 정복했지만 그는 반대편의 국민들의 입장에서 보면 침략자인 것이다. 나폴레옹을 용서하기란 이들 국가의 역사학자들에게는 매우 난해한 숙제인 것이다. 하지만 나폴레옹의 민법 창제, 국민 국가 형상의 이상을 지속적으로 탐구하고, 그를 용서한다고 반복해서 말해 보라. 반복해서 펜으로 집필을 해보라. 반복 논법은 용서의 좋은 기술이다. 상대의 대안을 받아들이면서 반복 논법을 활용하라. 용서로 가는 길이 보다 더 넓어질 수 있다. 물론 전쟁 자체는 우리가 항상 경계해야 한다. 전쟁 자체가 나쁜 것이라는 가치 판단을 하기를 게을리하지는 말자. 가치 판단을 잘 해가야 마음의 평화가 온다. 마음의 평화는 행복으로 가는 가장 좋은 길로 당신을 인도해 줄 것이다.

용서를 한 일을 자기 기록으로 남겨라. 그래야 행복해질 수 있다. 이를 위해서는 편지를 상대에게 보내는 방법도 좋다. 역사의 페이지로 넘기는 것이다. 누가 잘하고 못한 것인가는 역사에 남기라. 자기가 용서한 것은 역사에 남기는 단계가 반드시 필요하다. 역사에 남겨야 용서를 제대로 하는 것이 된다. 이 단계에 이르러야 비로소 제대로 된 용서를 한 것으로 볼 수 있다. 자기를 수련하면 당신은 보다 성숙한 인품으로 성장할 수 있다.

편지를 쓰라. 용서의 내용을 담은 편지를 상대에게 보낸다.

서신

지난 번 그 일을 통해서 저의 회사의 내부의 고통은 헤아리기 어려울 만큼 컸습니다. 하지만 저희는 그 일을 이해하기로 했습니다. 저의 회사에 준 명예 훼손의 일은 저희에게는 아픔이었습니다. 하지만 이제 새로운 회사의 도약을 위해서 귀사가 폐사에 준 고통을 말끔히 씻기로 합니다.

그 동안 중단했던 귀사와의 거래를 다시 재개하기로 우리 이사회가 결정한 것이 지난 8월 19일입니다. 다시 귀사와 대화가 있기를 바랍니다.

우리 두 회사가 커뮤니케이션을 시작한 1987년 가을 그 기분으로 되돌아가기를 원합니다.

2008. 9.3
행복한 컴퍼니 대표이사 -

★★★용서한다고 해서 상대의 부정을 다 잘된 것으로 동의하는 것을 의미하지 않는다. 동의할 수는 없다. 하지만 세상 속에서 다시 화해를 하고 서로간의 영적 통합을 위해서 용서함을 말하는 것이다. 이 점을 서신을 통한 용서에서는 기술적으로 밝혀두는 지혜가 필요하다. 용서를 하면 하는 쪽이 더 당당할 수 있다. 서로의 잘못으로 빚어진 문제라면 서로 먼저 용서의 길로 진입하라. 운전대를 증오, 적대감의 방향으로 돌리지 말라. 서로간에 잘못이 있으면 잘못의 크기를 따지지 말라. 송아지 도둑이 어미소 도둑을 정죄하는 것 같은 태도는 도움이 되지 않는다. 잘못은 무조건 용서를 구하라. 서신으로 할 때는 지난 아픔을 리얼하게 드러내지 말라. 새로운 불씨가 될 수도 있다. 관용적이고도 겸손한 문장으로 구성하라. 그렇게 하면 여러분의 미래는 더 행복의 바다로 가까이 갈 수 있을 것이다. ★★★

일요일 저녁,

행복 만들기를 한지가 일 주일이 지나고있었다.

〈내 인생에서 가장 행복한 일주일 만들기〉는

일요일의 저녁의 고요함을 선물했다.

고요해지는 기분을 인생에서 처음 제대로 인식한다.

원망 대신 관용을 받아들이자

몸과 마음이 더욱 행복으로 인도한다.

지금 행복으로 가는 기차를 타고 가는 자아를 인식한다.

관용 후의 자아 관리의 습관을 발휘해 가자

행복의 길로 항해를 시작하게 된다.

행복은 열정적 마음에 존재 하기 보다

'고요한 균형'에서 오는 것을 인식 하기 시작한다.

제6장
관용 후의 자기 관리

남을 자기가 용서하는 것은 입술로부터 시작해도 된다. 용서 후에도 자기 관리가 필요하다. 용서 후 자기 관리를 위해서는 메니지먼트가 필요하다. 이를 위해서는 다원적 가치가 항상 존재하는 곳이 세상임을 인식하라. 세상에는 개인에 따라 한 가지 일을 보는 시각이 각각 다르다는 점을 인정하라. 이것이 다원적 가치 인정의 태도이다.

하나_ 다원적인 가치가 존재한다

　사람을 용서한 후 자기 관리를 위해서는 '세상에는 다원적 뿌리 가치Multi Root Value가 존재함을 인정하라'. 이는 신념이 다른 사람을 용인하는 데서 온다. 신념이 다름을 인정하는 태도는 개인간에, 조직과 개인간에, 국가와 국가간에 용서로 다가가게 한다.

　증오는 너와 나의 단절이고, 용서는 너와 나의 연결이다. 너와 나의 연결을 통해서 세상이 진행된다. 반대자를 용인하는 데서 용서는 먹고 자란다. 관용이 부족한 사회는 미개 사회다.

어느 민족이 왼손으로 그냥 밥을 퍼서 먹는다고 '그 민족은 미개한 민족이다' 이렇게 말하지 말아야 한다. 습관이 다른 것이다.

아름다움을 추구하는 것을 심미주의라고 한다. 이런 심미주의Estheticism 경향도 각기 민족마다 다르게 나타난다. 노출을 꺼려 하는 이라크 민족의 여성은 수건을 얼굴이 가려질 정도로 쓰고 다닌다. 미국 여성들은 노출이 심해서 관음적 에로티즘을 경험할 정도의 의상으로 외출한다. 멋을 추구하는 심미주의 표현 방식도 이렇게 서로 다르다. 이 점을 인식해야 한다. 용서의 미덕은 여기서 출발한다. 놀이 차이에서 옷 입는 차이 등 사소한 것에서 출발해야 한다.

★★★다원적 뿌리 가치를 인식하기 위해서 노력하라. 하면 당신은 다원적 민주주의 시대에서 더욱 사랑받는 존재가 될 것이다. 용서는 바람 같아야 한다.

다원적 가치를 인정하라. 당신은 훨씬 더 부드러운 생각을 갖게 될 것이다. 이런 과정을 통해서 당신은 용서를 습관화할 수 있다. 물론 용서도 남발은 하지 말라. 용서는 속도 조절이 필요한 경우도 많다. 인권을 훼손한 경우 진실이 밝혀지고 나서 행위자의 깊은 뉘우침이 있어야 용서의 단계로 들어가는 것이 합리적이다. 다원 가치를 인정하라. 상대적으로 생각하라. 상대적으로 생각해야 분노가 덜 쌓인다.★★★

둘_의도적 유혹을 이겨내라

용서 후에 다시 그것을 되돌리려는 의도적인 유혹이 존재한다. 세상이 그렇다. 다른 사람을 미워하라고 부추기는 세력이 항상, 용서하라는 세력과 같이 병존한다. 용서 후 자기 관리를 제대로 하기 위해서는 이것을 이겨내야 한다. 그래야 진정한 행복에 이를 수 있는 것이다.

인간이 용서하는 마음으로부터 멀어지게 하는 유혹을 하는 현장에는 지구촌의 모든 남녀가 다 존재한다.
이성간의 사랑의 현장에서도 서로간에 유혹은 눈이 맞

아야 성사된다.

특히 거세적 여인이 등장하면 유혹의 강도는 높아진다. 조선의 여인 '어우동'이 이런 여성이었다. 남성적인 강인함을 감춘 여성을 '거세적 경향의 여인Castrating Femail'이라고 한다. 이런 여성이 유혹을 하면 남성들이 말려드는 역사가 있다. 현대 사회에도 이런 경향은 다양하게 등장한다. 비즈니스 현장이 공적 조직이든 사적 조직에서건 이런 성향은 등장한다. 의도적인 유혹을 경계하라. 이것이 자기 직업 영역에서 성공을 이루는 길이다. 의도적인 유혹을 해오는 경우 상대를 용서해야 하는가. 어려운 질문이다. 이 문제를 한번 보자.

거세적 경향의 여인 V는 고향 출신 고위 공직자에게 이권을 청탁한다. 하지만 호락호락 들어주지 않는다. 그런 이유로 고향에서 말께나 한다는 여성 왈가닥 V는 그 사람에 대하여 험담을 유포한다.

"건방지다. K국장, 고향 후배면서, 지가 출세를 했으면 얼마나 했다고……"

이런 험담을 한다.

진실은 이렇다. 자기 토지 구역을 풍치 지구에서 해제하는 일을 도와달라는 청탁이다. 하지만 고위 공무원 E는 그 민원을 들어줄 수가 없다. 법률 개정을 해야 할 뿐더러, 민원인의 부탁이 현저히 행정 원칙에 위배되기 때문이다.

하지만 V는 막무가내다. 고위 관료에게 한끼 설렁탕 대접한 것 갖고서 호화 향응을 베푼 것 같이 떠들고 다닌다.

"흥, 고위 공무원이랍시고 내가 산 밥은 모두 먹고서 그런 민원 하나 안 들어줘……"

엄청난 험담에 시달린다. 그리하여 약 3개월 가량 K는 불면증까지 온다. 그나마 얻어먹은 설렁탕이 공무원 구내 식당 것이었던 게 다행이다. 하도 만나서 식사하자고 간청을 해서 고향 선배고 해서 만난 것이다. 그런데 이것이 이렇게 문제가 될 줄이야. K가 불면증을 치유한 것은 V를 마음으로부터 용서하고부터다. K가 당한 일은 사소한 스트레스 같지만 크게 자기에게 다가온 것이었다. 이처럼 억울한 험담이었지만 작은 용서는 행복으로 가는 길과 통한다.

★★★웃음 뒤에 감춰진 정확한 손익 계산을 하라. 용서를 함으로서 얻게 되는 평화의 열매는 크다. 어느 열매를 얻을 것인가를 생각하라. 용서를 통해서 당신은 새로운 미래를 열 수 있다. 의도적 유혹의 손길로 다가와도 항상 사리판별을 잘 하라. 그러면 아무리 유혹을 통해서 목적을 이루려고 해도 이를 극복할 수 있다. 용서는 용기 있는 사람의 것이다. 용기를 발휘하라. 험담을 하는 사람을 용서하는 것은 용기이다. 어둠의 세력은 개인의 험담을 한다. 하지만 용기 있는 사람은 그 험담을 하는 사람을 용서한다. 용서하지 않음으로써 개인에게 다가오는 고통을 생각하라. 용서하지 않음을 통해서 다가올 고통의 부메랑을 생각하라. 용서의 길은 여러분의 마음에 달린 것이다. 여러분의 마음을 들여다보라. 용서를 통해서 여러분은 성장한다. 정신적인 성장을 위해서 제대로 된 용서를 하라. 용서하면 행복지수를 너 향상시킬 수 있다.★★★

초등학교 시절 정강이를 축구화로 채인 경험으로부터 생긴 응어리진 분노를 버리라. 상처를 준 대상과 컨텐츠를 용서하여 분노의 씨앗을 잉태하지 말라. 용서하는 것과 그 일에 동의하지 않는 것은 별개다. 용서한다고 불의에 동의하는 것을 의미하지는 않는다.

깊은 용서를 통해서 자비를 잉태하라. 용서를 통하여 사랑을 잉태하다. 용서는 자기를 맑게 다듬는 자기 수양이다. 비즈니스에서 성공하려면 용서하라. 행복하고 싶다면 용서하라. 하지만 서둘진 말라. 정의와 용서를 병행하라. 이것을 통해서 여러분은 더욱 존엄성을 인정받는 존재가 될 수 있다. 그래서 더 여러분의 행복지수를 올릴 수 있다. 인생에서 가장 행복한 일주일을 만들면 자기 인생은 행복해진다. 행복을 위해서 타인을 용서하기 어려우면 항상 자기도 누군가에게 신에게 용서를 구해야 하는 존재라는 점을 깊이 인

식하라. 잡보장경雜寶藏經에 보면

"유리하다고 교만하지 말고 불리하다고 비굴하지 말라…… 벙어리처럼 침묵하고, 왕처럼 말하며 눈처럼 냉철하고 불처럼 뜨거우며 태산 같은 자부심으로 누운 풀처럼 자기를 낮추어라."라고 한다. 이렇게 하려면 자기를 들여다봐야 한다. 자기를 들여다보는 것을 반복하라. 그러면 얼마나 자기가 타인에게서 용서받을 일들이 지난 인생의 항해에서 많았는지를 알게 될 것이다

내 생애 행복한 일주일 만들기는 잡보장경의 가르침 같은 자기 성찰로부터 시작돼야 하지 않을까?